高考逆袭日记

廖恒 著

河南文艺出版社
·郑州

果麦文化　出品

这封信

给想要逆袭的你

想逆袭的同学：

你好！

我是廖恒，很高兴你能读到这封信，因为这封信将会改变你的命运，创造你命运的奇迹。

《高考逆袭日记》是专门为你创作的一本书，也是能助你走进名校的一本书。请你花5分钟的时间，听我讲讲这本书的来历，以及这本书里面到底有什么。

我曾经花了两年多的时间，深度采访了100位清华、北大的学霸。2020年的时候，我采访了一位来自西北的女生，她告诉我，她是从年级垫底的700多名逆袭考上的北大，我当时真的不敢相信。

刚进高一时，她每天沉迷于"游戏世界"，驰骋于"王者峡谷"。青春期的她，对邻班一位成绩好、长得帅、篮球还打得很棒的男生动心了。然而她去表白却被拒绝了。同学嘲笑她："你成绩那么差，学霸怎么会喜欢你呢？"也许是年少轻狂，她回答道："不就是成绩好吗？我也可以。我要向你们证明我自己，我也要考北大！"

于是，她开始拼命努力。寝室里，她第一个起，最晚一个睡；暑假，她每天都在图书馆学到最后一个才离开。可是付出并没有得到回报，她的考试成绩依然是年级垫底。在哭了三天后，她意识到可能是自己的学习方法有问题。她不断摸索，不断尝试，不断总结，终于找到了适合"学渣"逆袭的提分方法。最终，踏着自己的汗水，她考进了北大。她说："我就是要向全世界证明——'学渣'也能考上北大，我做到了！"

人生就是有许多这样的奇迹，她的故事让我产生了强烈的冲动——我想把她的故事写出来，去告诉那些想要逆袭的同学，是否能够成为奇迹，只取决于你是否有非凡的信念。

随着我采访的清华、北大学霸越来越多，我发现很多考上清华、北大的学生，并非天资聪颖，而是通过自己的努力逆袭成功的。他们的故事、他们的学习方法也同样精彩。

有一位来自广西、湖南、贵州三省交会处大山里的男生，中考成绩并不是很理想，他通过自己的努力，考上了清华大学，成为全县有史以来第一个考上清华大学的学生。

还有一位来自河南农村的女生，家里条件极度困难。她家最难的一段时间，做饭都要向隔壁人家去借盐。她说自己也并没有那么聪明，读书的时候，班里也有一些同学的成绩比她好，但她坚持一点一点地付出，一点一点地进步，最终实现逆袭，以全市第一名、全省第14名的成绩考上了北大，成为他们县有史以来第一个考上北大的文科生。

这样的故事，还有很多。我越来越坚信，只要你愿意努力，掌握了科学的学习方法，你也能逆袭。

2021年，我做了一个决定：基于我采访的100名清华、北大学霸的真实故事，从一个普通学生甚至"学渣"的角度，用小说的形式讲述一段绝地反击的故事。在书中，我把你可能遇到的各种问题，比如学习心态、学习方法、学习细节、学习规划、情绪起落，等等，都事无巨细地呈现出来。

当你看完，如同身临其境般完成了一场自己的逆袭之旅。

我真诚地希望，从翻开这本书的那一刻开始，你已经踏上了逆袭之路！

加油，给自己！

廖恒

2022年4月3日

目　录

第一章

我的学渣时代

眼前的成绩单，年级排名"第 732 名"，显得格外刺眼。

不过，我也并不在意，毕竟我压根就没有想过自己能考上大学。

1 我是一个高三女学渣

2018年8月6日　　周一　　阴

336分，这是我高三开学分班考试的成绩！

眼前的成绩单，年级排名"第732名"，显得格外刺眼。不过，我也并不在意，毕竟我压根就没有想过自己能考上大学。

现在，爸妈基本已经放弃我了。在他们眼里，我整天和男孩子混在一起玩游戏，就是一个"痴迷游戏的问题女孩"。

今天放学回家，在小区楼下，我看到爸爸带着弟弟刚上完辅导班回来。不过，爸爸似乎没看到我，自顾自地和几位邻居聊天。大家都夸我弟弟成绩好又听话，可爸爸对于这些夸奖似乎不以为意。我亲耳听到爸爸说："没办法啊！大号已经练废了，小号得练好啊！"

我爸爸是他们那个年代的中专生，很聪明，从小成绩就特别好，大家都说他是考大学的料。但是，因为家里兄弟姐妹多，爷爷奶奶负担不起那么多孩子上学，爸爸就只好上了中专，学了点技术，毕业后进了现在的厂子。没有上高中没有考大学，就成了我爸爸这辈子最大的遗憾。所以，他一直希望我能好好读书考大学。他没有实现的梦想，要在我身上实现。

我回到家刚坐下，爸爸和弟弟前后脚也回来了，一家人一起吃晚饭，谁都没有说话。吃过晚饭，爸爸让弟弟赶紧去房间学习，他和妈妈要专门找我谈话。

爸爸开门见山地说，现在高三了，他们不能像我高一、高二时那样，对我的学习放任不管。爸爸先问了我高三分班考试的成绩，我如实告知后，他们并没有感到意外。爸爸摆出他作为家长的姿态，带着点命令和训导的语气对我提出要求：现在高三了，得有个高三的样子，辛苦也就这么一年，哪怕考个好点的专科，学个幼师、会计之类的专业，回到县里，他也好托人给我找个工作，这样我一辈子也有个着落，不然，上个私立的高职，回来找人都没法开口。

我承认爸爸的这些话不无道理，但是我压根听不进去，因为我还在气头上，脑海里一直回响着爸爸在楼下说的那句话。

我把我在楼下看到的和听到的，一股脑全都说了出来，也说出了这两年他们对我的放弃和忽视。既然都放弃我了，现在凭什么又突然来对我提要求？我自己的人生我自己打算，不需要任何人指手画脚。

我的声音越来越大，最后，近乎于吼出来，边吼边哭，歇斯底里。在房间里学习的弟弟被惊到了，推门出来看发生了什么。妈妈马上跑过去，让他赶紧回房去学习。

宣泄完这些，我就直接回了自己的房间——高中之前，我一直住校，现在这里几乎成了弟弟的专属书房——我让弟弟从我房间滚出去，然后猛地关上了门。

可能是压抑了太久吧，一番歇斯底里的宣泄之后，我整个人好像松了一口气。我也没有想到，自己会发这么大的火。

妈妈来敲我的门，让我开门。我听到爸爸在外面嘶吼，让妈妈别管我，并表示以后都不会管我了！

我一个人窝在床上。自从我的房间成了弟弟的专属书房后，我已经很久没有一个人静静地待上一会儿了。书桌上，还有房间各处，几乎全是弟弟的东西，除了墙上贴着的那几张周杰伦的海报，已经找不到任何属于我的痕迹了。

过了好一会儿，我的情绪才稍微平复。我拿出手机，打开微信，点开了"翱翔宇宙"的聊天界面。"翱翔宇宙"是我打游戏时认识的一个好友，和我年龄相当，游戏打得很好。一年前，我们互加了微信。因为没有见过面，我就把他当成了我的树洞，每次有什么不开心的事，都会找他聊天。

他似乎有一种特异功能，不管有什么不开心的事情，只要经过他的一番开导，我就能很快从消极的状态中走出来。他很少主动找我，但每次我主动找他，他都会认真回复，从不敷衍。

2 我与学霸校草分到一个班

2018年8月7日　　周二　　多云

开学后，我被分到了高三（1）班。这次考试的年级第一——全校无人不知、无人不晓的学霸校草苏宇哲也在我们班。

还有一件很巧的事，我最好的朋友大志和小林竟然也和我分在了一个班，似乎冥冥之中自有安排。对我来说这可比和苏宇哲同班重要多了，因为我们三个人组成的游戏小组"旋风联盟"正在备战一场全国游戏大赛，而这场大赛，直接关乎着我们三个人的命运。

今天的晚自习，我们迎来了分班后的第一次班会，也是我们班的高考动员会。出乎意料的是，在动员会上，我直接在班里出名了。

黑板上，班主任张老师写下了"高考改命"这四个大字，后面还跟着重重的三个感叹号，像三座无形的大山一样，压得人喘不过气。

张老师再三强调，在我们这种小地方，尤其是对于农村来的孩子而言，高考就是我们这辈子真正改变自己命运的最容易也最公平，甚至是唯一的机会。

张老师噼里啪啦说了很多，我基本没听进去，脑袋里想的，全是如何利用好游戏大赛前的一个月，怎么带着大志和小林做好集训，冲击冠军。

接着，张老师让同学们上台分享自己进入高三后的感受，并谈谈自己的理想大学和感想。张老师请上台的第一位同学，毫无悬念就是苏宇哲。

苏宇哲一直稳坐年级第一的宝座，是学校这一届中最有希望考上清北大学的苗子。根据往年的情况，一中每年大概有一两个学生能考上国内最高学府清北大学，这一届最稳的自然就是他了。中考那年，他就是我们全县的第一名，而且比第二名多了20多分。进了一中后，更是稳居第一宝座，而且每次都比第二名多出很多分，是那种可望不可及的存在。

如果说他只是成绩好的话，还不至于那么耀眼。关键是，他还长着一张英俊清爽、冷淡、立体的脸，让他整个人散发着一种睥睨天下的王者之气。此外，篮球也打得特别好，只要他出现在篮球场，就会有很多女生在场边为他欢呼。

张老师让苏宇哲第一个上台，显然是希望他能带一个好头。不过，结果却非张老师所愿。

苏宇哲语气冷漠，没有一点激情，像一个高高在上的王者。不过，同学们好像并不在意。但当听到他的理想是清北大学计算机专业时，大家还是发出了一阵惊呼。

他接下来说道："我对高考没有什么特别的感受，只要平时学好了，高考也不需要特别刻意去准备，正常学习就行了。"

在一旁的张老师眉头一紧，不得不马上跟着解释，说苏宇哲讲的是功夫要用在平时，这样即使面对高考，也能轻松应对；但是对于平时学得不够好的同学，要抓紧高三的时间，这是冲刺的最后机会，必须把握住了。苏宇哲吃苦吃在前头，现在就不用那么刻苦了，我们不一样，我们要在高三把他原来吃的苦给补上！

接着，张老师让其他人发言。各种如雷贯耳的顶尖大学的名字，都是我不曾想也不敢想的。

大家的热情发言告一段落，已经没有人主动要求上台分享了，张老师便开始点名。忽然，张老师点了我的名字。张老师让我上台分享的原因很简单，因为我是来自三中的学生。

三中是全县最差的高中，每年能考上本科的都没几个人，即使有，也基本都是复读生。如今一中和三中合并，我和大志、小林，还有班上的十多位学生，都因此而分到了这个班，算是捡了个大便宜。

那一刻,大家都齐刷刷地看向我。我站在讲台上,看着大家,能感受到同学们眼中的那种轻蔑和不屑。那一刻,我尴尬到脚趾都能抠出一个地洞来。

结果可想而知,当我说出我打算考个高职,上个电竞专业做一名出色的电竞选手后,班里一下子就乱了,有大笑的,有鼓掌的,当然也有嘘声。我看了下苏宇哲,他还是那副冷冰冰的表情,没有任何反应。

大家会有如此强烈的反响,是我没预想到的,可这是我真实的想法啊,有错吗?

张老师见状,立马结束了班会。

3 高三也关不住的青春荷尔蒙

2018年8月8日　　周三　　晴

我一下子就被全班同学记住了。

理科班大都是男生,没几个女生。今天上午第一节课后,课间休息时,就有十来个男生来找我,问我玩的什么游戏、在什么段位,还说要和我一起组队玩游戏。其中一个叫杨夏的男生最夸张,他直接说要向我拜师学艺,还要送我一个价值近千元的电竞鼠标。

当然,这些我都拒绝了。很多男生说要和我组队打游戏,给我送游戏礼物，真实的意思到底是什么，我很清楚。在三中，这样的男生太多了，我都把他们当成哥们儿。

我现在还不想谈恋爱，因为我现在有比谈恋爱更重要的事情，那就是把游戏打好，靠打游戏出人头地。

不过，事情没这么简单。

第二节课后我上完厕所回到座位，发现那个电竞鼠标出现在了我的课桌里，同时还放了一张字条，上面写着：杨婷婷，我要追你，一周之内，我一定能让你成为我的女朋友。

这时，上课铃响了。这节课是班主任张老师的语文课。这两天听很多同学说到他的种种事迹，我预感，我的高三，在他的班，应该不会好过。

张老师是一位40多岁的中年男老师，有一个外号叫"魔鬼老张"。据说他在一中已经连续带了九届毕业班了，每年带的毕业班本科率、一本率都是全校第一，而且他的班上连续九年都有人考上清北大学。要知道，一中每年也只有两三个学生能考上清北大学，而一中每一届都有20来个班。

在老张的班上，其他什么都不管用，只有成绩最管用。他就是偏爱成绩好的学生，而成绩好的学生，就会有很多特权，他自己也毫不避讳这一点。在他的眼里，这么做都是为了激励大家把成绩搞好。

张老师正在充满激情地上着语文课。我看着讲台上的他，实在难以将他的身形和长相与他获得的成绩挂上钩。他长得很瘦小，一米六五左右的身高，干瘦干瘦的，脸也很小，戴着一副银丝边眼镜，穿一双平底小皮鞋，走起路来风风火火，甚至有点一蹦一跳的感觉。如果隔很远看到，根本看不出他是一位老师。他更像一个刚上高一的学生，毕竟整体看上去太瘦小了。

终于熬过了语文课。下课的时候，张老师让大家记得把自己开学考试的各科成绩做个分析，以便对自己目前的学习情况有个整体的了解。

下了课，我直接叫上大志和小林，去教室走廊外一起说游戏大赛的事情。出了教室，我马上和他俩说了杨夏要追我的事。我让大志和小林和我打个配合，别让杨夏在这个关键时刻坏了我们大事。

杨夏是一个很执着的男生，他见我在走廊，就直接跑到我身边。还没等他开口，我就把鼠标塞回给他，并表示字条上写的话，我会考虑一下，不过，我需要一点时间，因为我和大志、小林正在准备一个比赛，没有精力管其他的事情。如果他真的想追我，得等过了这个比赛后再说。我话还没说完，小林就一把拉起还有点蒙的杨夏，在他耳边悄悄说了几句话。

杨夏想了想，表示愿意等到比赛结束再追我，这件事才告一段落。

4 我的成绩到底有多差

2018年8月9日　　周四　　晴

昨天，班主任张老师让我们对自己开学分班考试的成绩做一个分析，本来我不想做，因为也没啥好分析的，都那么差了，能分析出来个啥？

不过，下午第二节课是自习课，我实在闲得没事，就也分析了一下。

750分的满分，我考336分，连一半都没到，而且里面还有很多是靠选择题蒙来的。这个分数，在旁人看来可能太差了，但就我的学习情况而言，算是发挥得不错了。

88分的语文，是我的优势科目，为我的总分做了最大贡献。因为我从小除了不爱看课本，其他杂七杂八的书我都看，所以，我的语感比较好，语文成绩一直还不错，有时候还能考到90多分。这次虽然没有上90分，但也算是正常发挥。

68分的英语，是我第二好的科目。不能说完全靠蒙，我经常看美剧，耳濡目染的，多少能认识几个英语单词，看得懂几个句子，所以稍微有点基础，多少能做出来几道题。不过最后能超过60分，这对我来说，可真是个意外突破。

语文和英语加到一起就156分了，单这两科就快贡献了"半壁江山"，那剩余的 180 分，就是我数学和理综的分数了。

136 分的理综，其中化学占了大头。因为我爸妈原来都在县城的化工厂上班，我对化学从小就有接触，毕竟有基础，所以化学成绩还凑合。至于物理，进了高中后，我就没有搞明白过，高一、高二的时候考 20 多分，那是家常便饭。生物更没什么可说的，内容不多也不难，就是在这次分班考试前，我稍微背了一下。

数学是我考得最差的科目，这次只考了 44 分。高中数学太难了，每次数学考试，我都像对待语文考试一样，为什么呢？因为数学的大题就和写作文一样，我会把我认为有关的内容，所有知道的公式、定理，全都写上去，心想万一撞上了呢？选择题，除了前面几题偶尔能做出一两道外，其他的就是看哪个顺眼就选哪个。至于填空题，我会写 1、2、3、4 这样的数字，因为数学填空题的答案通常不复杂，都不是很奇怪的数字。

我这个成绩，文科整体好一些，很多人建议我选文科。不过，经过认真考虑，我还是选了理科，因为现在的高考对文科生来说太难了。这几年，我们省文科的分数线比理科高一大截，去年本科线文科比理科更是高出了快 50 分，"恭喜某某省文科生 497 分喜提专科"都成了网络热梗，因为本科分数线是 498 分。

我选理科还有一个原因，就是如果语文和英语成绩不错，对于理科生来说是一个优势，因为理科生的语文和英语普遍会差点。我之前就听说，很多数学成绩好的学霸，为了冲击顶级名校，会选文科，因为文科生如果数学成绩好，优势就会很明显。

除此之外，我从小就觉得自己"跟男孩子一样"，尽管现在也爱化化妆，打扮打扮，但我总认为自己与大多数女生不一样。有的时候我甚至会对同龄的女生持有偏见，觉得"能理解我的人太少了""果然大部分女生都不擅长理科"，学理的自己是如此的"与众不同"……然后活在虚荣的自我膨胀中。

5　我最大的期待

2018年8月10日　　　周五　　　晴

进入高三以后，大家都在变，变得成熟稳重、理智清醒，开始思考现状和未来。我也一样，打游戏、走电竞选手这条路，其实是我深思熟虑的结果。

我很了解自己，一进高中，我的成绩就更差了。我也努力过，但就是学不进去，所以我才放弃学习，开始打游戏。

可能是天赋异禀吧，我游戏打得不错，和大志、小林组了"旋风联盟"这个游戏队伍后，还拿过一些大大小小的游戏比赛奖。

我是在一次网吧竞技赛中遇到了大志和小林，那场竞技赛，最后只剩下我们三人争夺冠军，我凭着30秒的优势险胜。可能因为我赢了他们，他俩就非要拜我为师。

大志胖胖的，因为他爸爸和妈妈一直忙于生意，根本没多少时间管他，他从小基本都是在外面吃饭，爸妈给他的钱不少，恰好大志还很爱吃一些油炸的垃圾食品，久而久之，他就越来越胖。

或许正是因为胖，大志越来越内向。我记得小时候班里也有个小胖墩，大家都欺负他，所以他一直闷闷不乐的样子，也不和人说话。大志告诉过我，他也是在这样的状态下长大的，一直处在一种紧张的状态里，学习成绩自然也不好，人也越来越自卑。他打游戏，就是想逃避现实世界，希望在游戏中得到放松，因为在游戏世界里，大家看不到真实的他。

　　跟大志相比，小林是另一个极端。小林吊儿郎当的，属于那种很活泼开朗的男孩子，不管是和男同学还是女同学，他都能打成一片。小林的爸妈在他很小的时候就离婚了，后来各自又有了新的家庭，对他的关爱就少了很多。跟着奶奶生活的他内心深处总觉得自己是一个没人要的孩子，游戏就成了他的寄托。

　　今天周五，下午最后两节课都是自习课，大家都在很认真地学习，但是我却完全无心学习，因为我的心思都在一个月后举办的全国游戏新星大赛上。

　　这个全国游戏新星大赛，是一个发掘游戏新人的舞台。就像曾经的超女选秀一样，很多喜欢唱歌的普通女生，通过一场比赛，用几个月的时间，就成了万众瞩目的明星，从此走上演艺道路，实现了自己的梦想，开启了全新的人生。

　　2008 年，国家体育总局将电子竞技改批为第 78 号正式体育竞赛项目。像现在大火的有望冲击全球电竞冠军的 IG 战队，就是通过电竞比赛出来的，而我和大志、小林也希望能通过电竞比赛走出去，成为人生的幸运儿。

　　7 月的整个暑假，我们天天在一起集训。现在开学了，我们三人约定，虽然我们要上课，但还是要把能利用的时间都利用上，比如中午吃饭的时候、下了晚自习后，还有体育课、自习课，都要用来进行游戏集训，而能逃的课都要逃。

6　成绩不好什么都会是你的错

2018年8月12日　　周日　　阴

进入高三后，我们有了全新的作息模式。周末取消了，每个月只放一次月假，时间为两天，基本都在月考之后。平时只在每周日下午放半天假，让大家自由安排。

今天是周日下午，这难得的半天假，自然要好好利用。上午第四节课的下课铃声一响，我就和大志、小林一起，快速去食堂吃了个饭。吃完饭，我们就往学校大门口走——我们要到校外网吧认真进行游戏训练。

我们想快一点训练，就抄近道从篮球场穿过去。大家都走得匆忙，甚至都没怎么抬头看路。忽然，我的脸被人狠狠地扇了一个清脆而响亮的巴掌。

没承想这个人竟然是苏宇哲！他正跳起来去接同伴抛过来的篮球，这个时候，我恰好匆匆路过，他接球的手不偏不倚，刚巧打在我的脸上。

这一耳光，的确是一个意外。

不过，后来发生的事情就不像是意外了，他的一言一行带着嘲讽，更像是刻意为之。

当我听到"你走路不长眼睛啊"这句话的时候，我都惊呆了。我真没有想到，这么一个让老师引以为傲、让女生赞赏有加的好学生，居然能说出倒打一耙的话。

我摸着火辣辣的脸，一时间竟然不知所措。

这一幕，在场的同学都看见了。大志和小林连忙挺身而出，为我讨公道，让苏宇哲向我道歉。然而苏宇哲竟没有一丝歉意，只是捡起篮球，转身就要离开篮球场。

小林与大志冲着苏宇哲的背影喊话，说不道歉就要动手。可苏宇哲还是没有停下脚步，反而加快了步伐，一脸高冷和不屑。

天哪！我之前在三中哪受过这样的欺负，虽然我不是学校里最有"地位"的女生，但凭我游戏打得好，好歹还有人叫我一声"姐"的啊。

我还没有反应过来，大志和小林就被苏宇哲激怒了。他们俩直接冲上去，冲着他的后背就是一拳。对于这背后猛击，苏宇哲显然没有料到，而且大志和小林确实用力很猛，苏宇哲当时就脸朝下倒在了地上。

最终，大家扭打在一起，引来了老师。我们被叫到老师办公室，我讲述了整个事件经过，并提出要苏宇哲向我道歉。

经老师核实确认，苏宇哲也认同我描述的情况，但张老师却以先动手打人不对为由，让我们三人向苏宇哲道歉。

我错了吗？没有！不管他是不是故意的，是他先打了我，这是他的错，难道不应该道歉？而且他还骂我走路不长眼睛！

最终，因我的不服气，张老师让我请家长来学校。我只敢偷偷地告诉妈妈，不敢让爸爸知道。我也不知道接下来迎接我的会是什么，只是这半天的训练时间算是白白地浪费了。

7 学渣的尊严没人在意，除了你妈

2018年8月13日　　周一　　阴

今天对我来说，是很开心的一天，因为我又一次真切地感受到了妈妈对我的爱！而这一份爱，似乎已经离开我很久了。

上午早自习的时候，我被张老师叫到了办公室。

当我走进办公室，看到只有我妈妈时，我才意识到，在他们眼里，整件事错的只有我，因为只有我被要求请了家长。

张老师把昨天发生的事情以及我打游戏的事情对妈妈说了一遍。在张老师看来，学生之间发生冲突并不是什么大事，他以苏宇哲也被打了为由，说这件事扯平了，继而以我不好好学习，带着其他同学逃课打游戏为题，对我进行了一番严厉的说教。我的情绪一下子就上来了，泪水在眼里打转。

妈妈没有出声，只是叹息着默默替我擦拭眼泪。我能感觉到，那一刻她有些许的无奈。

可能是因为我一副委屈不服气的样子，让办公室里的气氛降到了冰点，妈妈为了缓和这紧张的气氛，代我向张老师请了假，带我离开学校，去到了学校旁边的一个小公园里。

我妈妈年轻的时候是化工厂的厂花，专门负责对外接待的工作，是工厂的门面担当。据说，当时我爸和我妈结婚的时候，很多人说他走了狗屎运，要不是他人憨厚老实，又有着一门全厂第一的职业技能，怎么能娶回这么好看的媳妇儿。而我，从小就被妈妈单位的阿姨们夸奖长得好看，说我随了我妈。

我妈遇到什么事都不急，不紧不慢的。她最喜欢的明星是邓丽君，我几乎是听着邓丽君的歌长大的。

从小，我妈妈就把我打扮得漂漂亮亮的，教育我说话要轻声细语，要笑不露齿，要听爸爸妈妈的话，待人接物要礼貌。我妈妈一心想把我培养成一个乖乖女，长大了像她一样，做一个温柔优雅的女人，她觉得这才是一个女生该有的样子。

可结果相反，我现在男孩子一样的性格，实在是枉费了我妈妈的一片苦心。

我与妈妈的关系，或者说我与爸妈的关系，在我上了高中后发生了变化。我不再喜欢穿妈妈给我买的公主裙，也不喜欢妈妈教我的那些规矩。

我与妈妈关系恶化的转折点是在我高一下学期的时候，有个周六，我为了打游戏，晚上12点多才回家。

印象中，我长这么大，那是妈妈第一次对我发脾气。她对我说：杨婷婷，你一个女生，现在整天不像个女生的样子，和一堆男孩子一起玩，而且还天天打游戏。你这么晚回家，要是发生了什么意外该怎么办？从今天开始，我不允许你出去打游戏，放学就必须马上回家，周末回家也不能超过晚上8点半。

我当时就怒了，质问我妈凭什么限制我的自由。我想和谁玩、我打不打游戏，这都是我自己的事，已经16岁的我自有分寸。

那天晚上，我听到妈妈哭了！但是，我觉得那是我的胜利。自此以后，我和妈妈的关系一直都很紧张，我们之间的交流也越来越少。

我和妈妈的矛盾是因我打游戏而起，所以"打游戏"也就成了我和妈妈之间的一个死结。不过今天，我决定"铤而走险"。我顾不得那么多，眼下就认准了"靠打游戏出人头地"这么一条路。

在公园里，我再次向妈妈说了我想走职业电竞选手这条路的想法。只是这次，我给她做了理性的分析，告诉她我目前的情况，既然靠学习不会有任何好的结果，除了打游戏，我也没有其他出路。

没想到，妈妈并没有像以前那样反对，而是问我，现在走电竞这条路，具体有些什么打算。

我顺势和她说出了我正在准备游戏大赛的事情，也原原本本地给妈妈说了赢了这场比赛，我能收获什么。当然，我也和她说了大志和小林。

可能是妈妈接受了我靠打游戏出人头地这个思路，她居然说这是一个很好的机会，她支持我，让我好好备战，争取拿到名次。

我顾不上那么多了，索性趁热打铁，跟妈妈提出以前只敢在心里想想的要求：在校外租房住，方便打游戏训练，也方便学习。我还特别补充了一句：就我目前和我爸之间的关系，我也不想回去。

妈妈听后眉头一紧，并没有当即回应我，只是若有所思地表示需要考虑一下，便匆匆地离开了。回到教室的我，晚自习上完全无心学习，在习题册上胡乱地画着，时不时望向墙上的时钟，有种度日如年的感觉。

　　直到晚自习下课的铃声响起，妈妈的电话也随之而来。她表示可以给我在校外租房，这样确实可以避免我和我爸关系进一步恶化，加上爸爸现在一心照顾弟弟，租房也方便她有更多时间来照顾我的生活起居，也就是所谓的"陪读"。但妈妈提出了她的唯一要求：比赛结束后，必须全心全意地投入到学习中来。

　　听完妈妈的话，我激动地连连回应，内心似乎得到了慰藉。

第二章

边备战游戏大赛边学习的日子

虽然我们现在高三，有很多课要上，但是每天还能挤出 5 个小时。在那一刻，我忽然明白了那句话："时间就像海绵里的水，挤挤还是有的。"况且，做自己喜爱的事，再累再苦也是快乐的。

8 亲人的爱会有大能量

2018年8月15日　　周三　　晴

上午第四节课刚刚响铃，妈妈就给我打来了电话，说是房子租好了，让我中午过去看看，还让我叫上大志和小林。

我没有想到，妈妈的速度会这么快，居然两天之内就帮我在学校对面的小区里租好了房子。

我赶紧写字条把这消息传给了大志和小林。放学的时候，我们几乎是一路小跑过去，心里很是激动。

房间的入户门是虚掩的。

我推开门，看到妈妈正坐在客厅的餐桌前。看到我们进来，妈妈赶紧招呼大志和小林，让我们坐下吃饭。

我们却迫不及待地参观起房子来。房子是复式的两室一厅，坐北朝南，采光很好，楼上是卧室，楼下是客厅。我完全没有想到，妈妈会给我租一个这么大的房子。我以为顶多是和其他同学租的那样：只有一套房子中的一个房间。

干净整洁的房子、一应俱全的生活用品，就连冰箱里也被塞得满满的，我庆幸有一个支持我的妈妈，"那个依然爱我的妈妈"回来了，这感觉真好啊！

看完房子，妈妈便招呼我们赶紧吃饭。

餐桌上全是我爱吃的菜，炖猪蹄、清蒸鲈鱼、醋溜土豆丝，还有我爱喝的橙汁，这可比学校食堂的伙食好太多了。我完全控制不住，狼吞虎咽，边吃边招呼大志和小林。

为了感谢妈妈，我们三人举起杯，和妈妈一起干了一杯橙汁。

趁着气氛融洽，我犹豫再三后，向妈妈提出，希望大志和小林可以搬过来一起住，这样方便我们游戏集训。

妈妈一下子愣住了。气氛有一丝尴尬，但碍于他们在场，妈妈没好发作。可能是经过了一番思想斗争，好一会儿，妈妈才严肃地问他俩，是否真的发自内心希望靠打游戏闯出一片天地。在得到大志和小林肯定的回答后，妈妈先找他们单独谈话，然后把我单独叫上了楼。

妈妈从口袋里掏出了一盒安全套作为礼物送给我，我惊愕地看着她。原来妈妈经过一夜的思索，发现一直以来父母都陪在我身边，可随着我长大成人，父母已无法介入我全部的生活。我可能会遇到自己喜欢的人，也可能会情不自禁发生一些亲密行为，她相信我的判断，但需要对自己的行为负责。她只是希望通过这个礼物告诉我，爱我的人不会伤害我，无论何时都要保护好自己，并跟我约法三章。

我知道妈妈的担心，认真地听取了妈妈的意见，向她做了保证，我一定会严格遵守。而且，我还向妈妈强调，我和大志、小林是不可能来电的，我们是并肩作战的战友。

妈妈告诉我，当我们母女的关系出现裂痕后，她自己也想了很多。她意识到，虽然我是她的女儿，但是每个人都是一个独立的个体，都有自己的想法和意愿，她不能把自己的意志强加在我的身上。

父母不能因为孩子和自己意见不同，就让彼此的关系疏远。我来到了新的学校，又有游戏大赛这样一个机会，所以，她选择了用不一样的方式和我相处。

临回学校前，妈妈特意交代，租房子的事情千万不能让爸爸知道。我当然明白妈妈的意思。

我们回到学校，刚好赶上下午第一节课。不知道为什么，我的精神状态很好，浑身充满能量，老师讲的内容，我好像也能听懂一些了。

人是有情感的动物，人是需要能量的，而亲人的爱，或许就是最大的能量来源吧。

9　想出成绩，时间管理真的很重要

2018年8月16日　　周四　　晴

今天，我和大志、小林主要做了一件事：安排好我们现在每天的时间，以兼顾到上课和游戏集训。

我们商量好，每天午休和晚自习后，都到出租屋来进行训练。这两段时间，是我们核心的训练时间，合起来差不多有 5 个小时。

每天中午的午休时间是 12 点到下午 2 点，按照学校的时间安排，45 分钟吃饭，剩余的 1 小时 15 分钟午睡。南方的夏天还是很热的，我们这里的学校都有午休的传统。

吃饭最多 30 分钟可以搞定，对于我们来说，中午就有了 1.5 个小时的训练时间。

晚上 9 点 45 分下晚自习，回到出租屋刚好是 10 点钟。再训练 3.5 个小时，也就是到凌晨 1 点半可以休息。

第二天早上早自习是 7 点，所以我们早上 6 点半就得起床，每天只能睡 5 个小时。5 个小时，对于我们这种喜欢打游戏的夜猫子来说，并不是一件很难做到的事情。另外，我们也想好了，正式比赛日期是 9 月 8 日，再累再辛苦，也就差不多三个星期的时间而已。

当我们把这个训练计划制订完，不禁又多了一分信心。

虽然我们现在上高三，有很多课要上，但是每天还能挤出 5 个小时。在那一刻，我忽然明白了那句话："时间就像海绵里的水，挤挤还是有的。"况且，做自己喜爱的事，再累再苦也是快乐的。

2018年8月17日　　　周五　　　晴

这一周过得真快，又要到周末了。早自习的时候，我一不小心打了个瞌睡，好在老师没太在意，因为早自习确实很早，有很多同学也会打瞌睡。

最重要的是，因为有了集训的时间，也有了一个单独的空间，我们终于能集中精力，随时交流战术、研究攻略。哪怕只集训三天，我也看到了大家正以肉眼可见的速度在进步。刚开始，我们的想法是打进全国赛，现在，我们甚至想冲击一下全国前三。

拿到全国前三，不仅会有至少 20 万元的奖金，而且还可能会被顶级游戏经纪公司相中。能接受顶级游戏教练的专业训练，我们就可以一步到位，成为职业电竞选手。

想到这些我就兴奋，感觉自己离梦想越来越近。

10 前行的路上有几个伙伴会很好

2018年8月19日　　周日　　晴

从 8 月 16 日按照时间表正式训练开始，今天已经是我们集训的第四天了。

这几天，我们虽然很兴奋，但也的确很累。

今天周日，下午放假，我们当然也是抓紧宝贵的时间进行集训。

因为下午就开始了训练，晚上我们就比平时结束得早一些。我点了外卖，有烤串、小龙虾。我们一起吃着夜宵，给最近的训练做个小复盘，刚好也放松放松。

一直这么绷着，要是身体先扛不住，那可就麻烦了。

我们复盘完最近的训练，发现各自存在的问题是显而易见的。我首先自我检讨，在组织领导上，我还是考虑得不够周到。

大志还是和以前一样，不怎么说话，总是被小林吐槽。今天，小林又数落大志在游戏中意识不强，每次都需要他带着，处理对手也不太干净，经常需要别人擦屁股。小林这么说，憨憨的大志并没有生气，总是点头说"下次改，下次改"。

我也指出小林目前在游戏中的反应速度很快，就是有点心急，很多技术细节不到位，需要慢一点、稳一点，做得更到位一些，别光想着冲。

比赛日越来越近了，针对这些问题，我们拿出了具体的解决方案并制订了接下来的训练计划。我们必须对自己更加严格，更加细致，争取在真正比赛时万无一失。

做完复盘，我们还聊了很多，过去、现在、未来，我们甚至憧憬起了游戏大赛获胜后，去北京领奖的画面。

我一直觉得，虽然我还有其他朋友，但是大志和小林简直就是男闺蜜般的存在。在我被父母"忽略"的时候，在我难过的时候，他们是我最大的能量来源。

11 老师的话都要听吗

2018年8月22日　　周三　　阴

今天第一节课是语文课，由于昨晚加训了一套新战术，我们快到凌晨3点才睡。

于是上课时我们都睡着了，尤其是大志，由于身体太胖，呼吸不顺畅，还打起了呼噜。

张老师非常生气，让我们都站到教室后面去听讲，还通知家长下午到学校来。我并不担心上课睡觉的事，而是担心我们一起在校外合住的事。

我站到教室后面的时候，看到了苏宇哲，不知道为什么，他的脸上带着诡异的笑。

上次的冲突后，我没再逼着他给我道歉。但是在班上，我也尽量不和他接触，就算遇到，我也尽量不正眼看他。

下午的课上完后，我妈妈、大志的爸爸以及小林的妈妈都来了学校。"魔鬼老张"自然又开始了他的"教育课"，而他的原则和底线竟然只是要求我们不能影响到班里的其他同学。

当张老师提及我们在校外合住打游戏这件事后，小林妈妈相对冷淡，大志爸爸则抬手就给了大志一巴掌，这顿时让场面失控了。

原来，为了合住集训，大志和小林偷偷伪造了假条给宿管老师，并没有如实地告知家长。最终还是被宿管老师发现了，通报给了班主任和家长。

在争吵中，我能感受到大志爸爸对大志的无奈。因为没有时间陪伴孩子，大志爸爸也有些无可奈何。在听完我妈妈的解释后，大志爸爸表示，对于他儿子这样不爱学习的情况，在校外租房集训，也是一种没有选择的选择。

对于几位家长的意见，张老师虽然没有明确支持，但是也没有反对。或许，他也意识到，我们三人确实不是考大学的料。

最终，这场约谈在大家敞开心扉畅所欲言之后，有了一个好的结果，我们甚至争取到了晚自习可以离校集训的特权，同时，父母也和我们约法三章：合住必须严格遵守先前的约定；在学习上听从老师安排，不能影响班里其他同学的学习；不惹事，不闹事。

12 当你有点想要学习时

2018年8月26日　　周日　　晴

这几天没有写日记。自从上次张老师同意我们不用上晚自习后，我们投入了更多的精力到集训中。

白天，因为不能打游戏，不能影响其他同学的学习，偶尔有那么一刻，上课时我也能认真听老师讲课。

不知道是因为现在给我们上课的是原来一中的老师，讲课水平更高，还是因为我之前从来没有认真听讲过，再或者是因为现在是一轮复习，从高一的内容开始复习，难度不大。总之我发现，自己居然能听懂老师讲的一些知识了，而且还觉得挺有意思的。

我们白天上课，晚上训练，被时间推着走，感觉现在的生活每一天都很充实。虽然课上的内容我没完全听懂，但是我也会花时间去写作业。那种专注认真地去写作业的感觉真好！

下周就要进行高三的第一次月考了，大家都在积极地准备，班级里认真学习的气氛似乎带动了无聊的我，也让我写下了自己的这个新发现。

2018年8月28日　　周二　　晴

　　终于结束了两天的月考，晚自习的时候，大家都在对答案，对每科的题目进行探讨。那个场面，有那么一瞬间，让我想要参与进去。我转念一想，那是好学生才会做的事，不应该发生在我身上。

　　通过这两天的考试，我发现我还是有些变化的。

　　首先，数学这一科的变化很大。我发现有一些选择题我能做出来了，而且后面的大题我多少也能做出来一点，不再是像原来那样全部"写作文"。

　　关于英语，在看阅读理解和完形填空的那些文章时，我不再完全是看天书，多少能看懂一些了。选择题，也不是全部靠猜，也能多少做出来一些。很明显，我能做出来的题目比原来多了。而且，英语作文我能自己写几句话上去了，不再像原来那样，只能抄前面阅读理解中的句子。

　　物理的情况也有一些变化。物理题目我原来是看都看不懂，当然也就完全不知道如何下手，直接就放弃了。但是这次月考，理综中的物理题，有那么一些题目，我竟能明白题目中的一部分，虽然还是不知道怎么去解，但会有一些思路，只是还不能真正下笔去做。所以，虽然我依然还是做不出来，但是这个变化是确实存在的。

　　我最具优势的语文和化学这两个科目，没有特别明显的变化。生物虽然不是优势科目，但是也变化不大。

13　课堂45分钟到底有多重要

2018年8月30日　　周四　　晴

今天，所有科目的成绩都出来了，把我吓了一大跳。

我的总分是368分，比一个月前分班考试的336分，进步了32分。

我的数学进步最明显，提高了15分，贡献了近一半的提升幅度；理综提高了9分，因为是物、化、生三个科目提分的总和，所以也比较合理；英语提高了5分，也不错；语文提高了3分。总之，每个科目都有提分。

当然，全年级第一名依然是苏宇哲，750分的满分，他考了698分。这种人，大概就是学神吧。我们班上的第二名是马妮然，一个漂亮且傲气的女生。这次考试，她的总分是657分，年级第15名。

不得不说，像她这样的女生，应当是很多男生喜欢的对象，甚至是被追捧的女神。想想也是，她平时在学校里走路都是昂着头的，除了苏宇哲，她谁都不会正眼瞧一下。不过，一看她的这个分数，好像人家也确实有这个资本，毕竟长得好看，成绩又好。

拿到试卷看到分数后，我看向隔了三排的大志和小林，很显然，他们对这次月考成绩没有任何期待，草草地把卷子塞进抽屉就结束了。那一瞬间，我心里有种说不出的滋味。

晚上的班会上，张老师总结了这次月考的成绩。当然，张老师更是着重表扬了苏宇哲和马妮然这些成绩好的学生。

除了表扬成绩好的同学，张老师还专门对比了一个月前的分班考试，把这次考试成绩在分数和名次上进步很大的几位同学的名字念了出来。

张老师首先念了分数进步前五位的同学，没有我。接下来是名次进步的前五位，第二个是我。我的名次提升了快100名，从第732名升到了年级第653名。

我的名次之所以能提前这么多，是因为原来三中的同学成绩都在后面，比较集中，大家的分数都差不多，我占了这个便宜。

我没有额外进行辅导，而且晚自习都不上了，每天还有那么繁重的游戏训练，能得到这个成绩，已经很满足了。我正在思考着，忽然听到了我的名字。张老师对我白天上课认真听讲，把握住了课堂45分钟这个行为进行了肯定，专门点名表扬了我。

这时，我突然想起妈妈在老师办公室里给我们请假不上晚自习的时候，说的那句"把白天的课上好更重要"。

14 当梦想就要实现时

2018年9月2日　　周日　　多云

月考过后，高三的我们放了月假，两天的时间，正好避开了开学高峰。

这两天，我们没有回家，就在出租屋里集训。

同时，我还联系了几个曾一起参赛、打得不错的战队。两天的时间里，我们进行了20场对战，除了一两场对战我们稍微遇到了一点麻烦，其他的场次我们都轻松拿下了。

这样的结果，使我们又多了一分自信，对最终的比赛结果更加充满期待。

傍晚的时候，我们在阳台上喝着汽水，看着落日。夕阳落在我的脸上，不自觉地，我幻想着我们拿到全国前三，一起去北京领奖，拿到了20万元的奖金，被经纪公司签约的画面。

我们三个人合了一张影，发了一条信息到朋友圈，配的文案是：最后一周，冲击全国前三！

第三章

游戏大赛惨败，我开始慢慢醒悟

在那一刻，我忽然想起不知在哪里看到的一句话："从来没有随随便便的成功。"

15 游戏大赛，我们惨败

2018年9月8日   周六   阴

今天是游戏大赛的日子，也是决定我们命运的日子。

下午放学后，我们早早地到食堂吃了饭，便来到网吧的包厢。为了保证网速的流畅，我们更是将网吧两个区域中的一个区域包场了3个小时。

比赛是在线上进行，一般是3个小时，从晚上7点开始，到晚上10点结束。比赛一共分为三大轮，每一轮大概是1个小时。

第一轮是省内排位赛，就是本省的比赛队伍都进入自己所在省的房间，5轮对战，系统随机分派对战的队伍。

这一轮比赛就像抽盲盒，大家都不知道对手是谁，根据5轮对战的最终表现进行整体排名，全省前30名可以进入下一轮大区比赛。

第二轮的大区比赛，也是5轮对战，系统随机分派。最终，每个大区的前3名进入最后的决赛。比赛一共8个大区，会有24支队伍进入最终的决赛。

第三轮就是决赛轮，也是淘汰赛。系统会根据大区赛的成绩进行配对比赛。配对的原则基本上是：一个大区的第一名对战另外一个大区的第三名，而不同大区的第二名对战另外一个大区的第二名。这样，经过第一轮比赛，就有12支队伍进入下一轮，再就是12进6、

6进3。前三名彼此对战，成绩更好的两支队伍进入最终的冠军之战，获胜者就是最终的冠军。

比赛准点开始。

第一局，我们轻松地灭掉了对手，不费吹灰之力。

比赛前，我们确定过战术，因为最终的省排名，胜负是第一要素，但是每一局的时长，是第二重要的排位参数。

如果大家胜负数一致，就是用时少的名次靠前。

第二局，我们还是很快灭掉了对手，毫无悬念，甚至比第一局更快。

我们等待着系统给我们排第三个对战的队伍。

第三局，对手好像有点厉害，我们的战术很快就被他们识破。但是在我们的猛攻下，还是很快拿下了他们，不过时间比前两局花得稍微多了一些。

第四局和第一、二局的对手水平没有多大差别，甚至更差，我们获胜的速度可谓"秒杀"，在我们整个5轮比赛中，用时最少。

很快来到第五局，这一局打完，省内排位赛就结束了。

第五局和第三局的对手有些相似，不过水平比第三局的对手稍微弱一点。虽然经过了一些缠斗，但最终我们也是很快拿下。

我们三人对比赛结果很满意。全胜，而且速度很快，进入全省30强肯定没有悬念。

我们在等待其他没有完赛的队伍，大概等了十分钟，比赛结果出来了。不仅有长长的排名，还有每队比赛的胜负情况以及每场比赛的耗时情况。

没有什么悬念的，我们顺利进入了下一轮。不过成绩不是太好，全省第6。这个成绩对于想拿全国前三的我们来说，不是一个好的信号，这说明对手也很强。

不过，我们也来不及思考了，因为第二轮比赛马上开始。

第二轮5局对战，我们全胜，不过我们赢得并不轻松，每一局耗时都较长，而且其中有一局更是险胜，是对方的一个明显失误，才让我们抓住了机会。

比赛完，我们三个人你望着我，我望着你。我们都很担忧，感觉这一轮就会被淘汰。我还存着一丝侥幸心理，虽然耗时不短，但毕竟我们都赢了。

我们三个人死死地盯着电脑屏幕，等待着结果。

第9名，我们被淘汰了！

那一刻，我不知所措，望向大志和小林，久久说不出话。一切就这样结束了！

16 没有本事就会被人看不起

2018年9月10日　　周一　　阴

游戏大赛第二轮就被淘汰，没有进入全国决赛的结果，成了我心底深处的伤，让我一直处于难受中。我对这场比赛寄予那么大的希望，甚至把自己的前途和命运都押在上面，现在的结果，让我怎么也不能接受。

大志和小林的心情也很差，两个曾经每天下课都在走廊晃荡的人，现在都像霜打的茄子似的，坐在座位上一动不动。

课间，马妮然突然跑到我座位旁边，很大声地询问我游戏大赛的结果。马妮然会来问我结果这件事，我感觉很意外。她这样的女学霸，和我这种打游戏的女学渣，就像同一个世界里的两条平行线，是不会有任何交集的。

大家都被马妮然的大嗓门给吸引了，都看向我和马妮然。没想到，她居然继续大声嘲讽着，还把我的朋友圈信息读了出来：冲击全国前三。这牛皮吹上了天，尽人皆知的，怎么现在连全国决赛都没有进啊？还以为多厉害呢！而且，她还问向一旁的苏宇哲，希望得到他的回应。

马妮然的话一下子把我给惹怒了。我直接回怼了她。我们两个人就这样吵了起来。她说我打游戏不行，成绩也不好，一无是处；我说她别以为自己成绩好，就有资格在这里对我阴阳怪气，下次要是再敢对我说三道四，我就打她的嘴。

大志和小林，当然还有杨夏，都来到我的身边给我助阵。小林更是以苏宇哲刚才不愿和她搭话为由，狠狠地嘲讽了马妮然一通。班里谁都知道，马妮然对苏宇哲有些意思，总是找机会接近苏宇哲，但是苏宇哲通常都不怎么搭理她。

后来，大家都来劝架，我们两人的争吵才平息。

刚才被人当众这么侮辱，我不想在教室里待着了。我边走边想，对呀，打游戏曾经是我唯一值得骄傲的资本，现在，这唯一可以证明自己和用来搏未来的资本没有了，我还可以拿什么证明自己呢？

当我从厕所回到座位时，发现书桌上摆着一瓶酸奶，上面还有一张字条：别灰心，不管别人说什么，你都是最棒的，要加油呀。

这张字条没有落款，但字迹很有力道且舒展，应该是一个男孩写的。我仔细看了一下，这不是杨夏的字迹，因为他上次给我写的字条上的字歪歪扭扭的，不仔细认，还真有点认不出来。

虽然不知道是谁送的，但我心里还是有一丝温暖，心情一下子舒畅了不少。

晚上，我打开微信，看到班级的微信群里有几百条未读信息。之前比赛备战，完全没有时间去看。现在，我好奇地点了进去，发现里面全是在讨论我。那一刻脑海中突然间冲进来很多很多的人和很多很多的事，它们杂乱、无头绪，缠斗在一起，焦躁、忧虑的情绪一瞬间充斥着整个脑海，让我感到异常烦躁不安。

我的强行克制反而加重了情绪反噬，整个人突然有了很消极很消极的想法，但我依然在努力地克制。

我在微信上找到"翱翔宇宙"，告诉他我输掉了游戏大赛的事，不知道接下来该怎么办。

他开导我说，很多事情不用强求，更不要一直陷在某一件事情当中。当不知道自己该怎么办的时候，要跳出来重新审视自己，不要拒绝一切可能，即便是自己从未想过的方向，都有可能会从中找到新的出路。

17 从来没有随随便便的成功

2018年9月14日　　　周五　　　阴

这几天，我一直在想，我们到底输在哪里。今晚，是全国前三的颁奖典礼，网上直播。

不过，因为输了比赛，我们还是默默地待在学校上晚自习，没有看直播，等到下自习后，回到出租屋，我们才看起了重播。看到他们站在领奖台上，万众瞩目，我们非常羡慕。

冠军队伍的队长，刚好长在我的审美点上，大刘海，戴着一副黑框眼镜，有一种很斯文又博学的气质，特别像韩剧《来自星星的你》中的男主角都敏俊。

我一下子对这位冠军队队长产生了好奇，于是就去网上搜索他的信息。很快，我就找到了他的短视频自媒体账号，叫"天宇来了"，他的真名叫陈天宇。

他自媒体账号里面的内容惊到了我，里面有他对历届比赛的详细分析，其中有两个系列非常突出。第一个系列，是每届冠军队伍每一场比赛的详细分析、拆解和复盘。他会精确到秒地分析他们的战术、走位、配合等方面。每一场比赛除了有视频讲解，还会有详细的图文讲解。另外一个系列是对每届比赛决赛阶段每场比赛的详细解读。

在他的账号里，还记录了他们这支队伍备战今年比赛的过程。每隔一周，他们都会有一篇很长的复盘文章，进行详细的数据分析，而且这些数据都被做成了清晰的图标，一目了然。每一周的复盘，核心内容是 10 个关键指标，还有 50 项小细节。

我看了很久，真的没有想到，有人能把一个游戏研究得这么透彻。以前我一直以为，我和大志、小林对游戏算是研究得不错的，备战也是专业的。我们每周也有复盘，可比起他们的这个研究和复盘，我们真的是差了十万八千里，连给人提鞋都不配。

在那一刻，我忽然想起不知在哪里看到的一句话："从来没有随随便便的成功。"

本来，我还为输了比赛有点不服，但此刻，我释怀了，输得心服口服。

18 时间花在哪里，收获就在哪里

2018年9月15日　　　周六　　　晴

近来，我对"时间"这个词语有了新的认知。今天，我又一次从时间的维度重新审视了自己，而这也改变了我对自己眼下处境的认知。

今天早上，我收到妈妈的信息。妈妈现在就是一位家庭主妇，照顾我弟弟的学习，还有一家人的生活。当然，现在还包括照顾我。每周只要有空，她就一定会过来看我。

下午放学后，我便回了出租屋。

我还没有把游戏大赛的结果告诉妈妈，怕她伤心，更怕她失望。她也没有问我比赛的结果。可她是知道比赛日期的，会不会从一开始她就没觉得我会赢？

妈妈已经做好了我喜爱的饭菜在等我，而前阵子因为集训一直没来得及收拾的房间，也被打扫得干干净净。

吃饭的时候，妈妈一直在关心我在学校的生活和学习，只字未提比赛的结果。我内心纠结了很久，还是主动告诉了妈妈。

妈妈好像一下子就看穿了我的焦虑，边给我夹菜边安慰我说："这个比赛，你的表现已经很优秀了。"一瞬间，我红了眼睛。

妈妈告诉我，游戏比赛就像一场小型高考，我们在整个大区的成绩是第9名，如果高考成绩是全省第9名，那可是能上清北的。上高中以后，我把时间基本上都花在打游戏上了，尤其是最近一个月，每天都是没日没夜地训练。妈妈说，你已经做得很棒了。我之前从来没有从这个角度来看待过我们的比赛成绩，我的关注点全部聚焦在"我被淘汰了"这个事实上。

妈妈这么一说，我的心情一下子舒畅了很多。这个世界有一样东西对任何人都是公平的，那就是时间。你的时间花在了哪里，你的收获就在哪里。你看，别的同学把时间花在了学习上，他们的游戏就打得不如我，但是他们的成绩比我好。

19　我很想为学习好好努力一次

2018年9月16日　　周日　　晴

也许人就是这样，只有跌入过谷底，才会有真正向前的勇气。

或许还需要有一个外力，把你用力一推，你才能真正站立起来。

昨天和妈妈的聊天，最大的收获是妈妈给了我信心，给了我前行的勇气。我的妈妈，就是那个助我踢出临门一脚的人。

我感觉到一个全新的自我正从我的身体里长出来，似乎我应该为了自己，更为了支持我的人，好好拼一把。

这可能就是青春吧，每天都会有新的惊喜、新的变化，让你不知所措，但只要知道方向，你就不会惧怕眼下发生的一切。

中午放学后，我约上大志和小林，一起回了出租屋。我把我接下来的打算和计划告诉了他们，更做出了一个重大的决定，那就是再也不打游戏了。

我坦言，游戏大赛让我死心了，打游戏已经打不出名堂了，我希望他们能和我一起，开始认真学习。

大志和小林的拒绝，在我意料之中，因为我们没有办法轻易改变任何一个人，现在才说要开始好好搞学习，这件事听起来怎么都有那么一点不现实。

然而，对于我决定不再打游戏这件事，他们却沉默了。

最终，还是小林先打破了沉默，他为我祝福，给我加油。我知道他俩最终还是会支持我的决定，也一样会是我最坚实的后盾。每个人都要为自己的人生买单，不是吗？

第四章

与过去的自己告别

　　我把右手放在左胸上，在内心发誓：曾经那个成绩垫底的学渣杨婷婷，已经死了！我，现在的杨婷婷，对天发誓，从此刻开始，要努力学习，考上好的大学，不管遇到任何困难，都不能放弃。我要证明给全世界的人看！

20　改变我命运的一堂课

2018年9月17日　　周一　　晴

今天，我出了个大丑，真的是丢人丢到家了，而且又是和苏宇哲有关。我感觉他简直就是我的灾星。

今天第一节课是英语课。英语老师一袭翩翩长裙，在讲台上眉飞色舞地讲课。一开始我还在听讲，可实在是听得吃力，有太多听不明白的知识点，慢慢地就走神了。

既然决定了要好好学习，我就想着应该怎样才能把成绩提高上去，但靠目前的基础，估计很难。

游戏大赛的冠军，对游戏的研究那么深入，训练方法也非常专业与科学。他们成为冠军，不一定是花了最多的时间去备战，而是搞明白了游戏本身，并且有正确的训练方法。

打游戏如此，学习也是如此。用对方法，一定能提高效率，提分速度肯定更快。

毫无疑问，我想到了苏宇哲。

我坐在教室的最后一排，而苏宇哲就坐在离我两排座位的中间位置，因为他的身高显然不适合坐得太靠前。

我就想着怎么让苏宇哲帮我，于是，我就不由自主地看向他。

也许是天意，苏宇哲的位置在我的侧前方，我刚好可以看到他的侧颜。有那么一瞬间，我竟有怦然心动的感觉。不得不说，他真是一个360度无死角的帅气男生。这个侧颜，绝对秒杀一众男明星。我心想，这么好看的男生，考什么清北，应该去考电影学院啊。

"杨婷婷，你在看侧前方的什么呢？"英语老师高亢的声音把我从深思的状态拉回了现实。

大家齐刷刷地看向我。有同学大声说出了"苏宇哲"三个字。

很显然，大家一看我们的位置，还有老师那个"侧前方"的关键词，瞬间就明白发生了什么。于是，全班同学爆笑！

不管我如何辩解，引来的只是全班同学的哄堂大笑，而苏宇哲坐在座位上，不为所动，像是什么都没有发生一样。

我当时脸红得发烫，埋头趴在桌子上恨不得马上跑出教室。

当我决定要好好学习的时候，我居然：

社死了！

社死了！

社死了！

21 成绩不好，我被人踩在地上摩擦

2018年9月18日　　周二　　阴

可能是因为生理期，也可能是因为昨天的事情，班里同学的窃窃私语，让我百口莫辩，很气愤，但又无能为力。

好不容易熬到了下课，苏宇哲却伸出手，拦住了正往外冲的我。

全班同学的目光瞬间被他吸引了过来。当时我脑子里一片空白，恨不得找条地缝钻进去。

不过，我转念一想，我必须说清楚，掌握主动，不能让大家误解我。

当我表示我仅仅是想跟他请教学习方法时，苏宇哲反而愣住了。很显然，他没有想到我会说这些，半天没有开口。

这时，在一旁的马妮然说我是癞蛤蟆想吃天鹅肉，肯定是想借搞学习为由接近苏宇哲。

又是马妮然！我正要骂回去，苏宇哲走上前拉了一下马妮然，示意她不要说了，但是马妮然并没有停下来。

气不过的我一把抓住了马妮然，抬手就要打她。然而马妮然不避不让，仰着头骂我是学渣。

看到我要动手，走廊外的大志和小林也冲了进来。小林更是直言马妮然除了成绩好和公主病外，一无是处。

眼看事态要控制不住了，苏宇哲一声大喊："你们几个都给我住嘴！"

自上高三以来，从来没人见过他这么大声且带情绪地说过话，我们都被他惊住了。

最后，大家给了苏宇哲一个面子，这场争吵才算平息。

今天我和马妮然争吵的时候，杨夏也在现场，但是他并没有来帮我，而是在一旁围观，他旁边还站着班里的另外一个女生。

22　那些打不死你的，终将使你强大

2018年9月19日　　周三　　阴

今天，我做了一件很重要的事情，那就是与过去的自己告别，开启全新的自己。

课间休息的时候，我吸取了昨天的教训，逃离似的飞奔出了那间让我窒息的教室。

大志和小林追出来安慰我。然而，我只想一个人静静，婉拒了他俩的好意。

我自己一个人去了一个特殊的地方：学校的小后山。

在小后山下，有一片小池塘，很小很小的池塘。这里几乎没有人来，因为太偏僻、太隐蔽了。

这片小池塘，是我的"秘密基地"。

三中和一中并校后，高三的学生全部留在原来的三中校区，我依然在原来的三中校园里上学，所以，我对三中的一点一滴都非常熟悉。

　　以前，每当我心情不好的时候，我都会来到这里，坐在小池塘边，向小池塘诉说自己心中的不快。

　　今天，当我气喘吁吁地跑到这里时，被眼前的情景惊呆了——小池塘已经不是原来的小池塘了！

　　原来每到夏天，小池塘里面就会长出几株荷花，不多，就是零星几株，不成气候。而现在，我眼前的这片小池塘，已经全部开满了荷花，成了一片美丽的荷塘。此时正值9月，还有荷花开得正艳。

　　看到满塘的荷花，我刚才一直紧绷的神经一下子就放松下来了——真的太美了！

　　但转瞬间，我想到了一个画面，忍不住就放声大哭起来，哭得根本停不下来，也不想停下来。整整几分钟，我的大脑里面一片空白，我感觉自己完全不受控制。

　　终于，我停了下来，冲着满池的荷花大喊："杨婷婷，沉睡千年的莲子都能开花，你也会有开花的那一天！杨婷婷，你要加油，不要再被人看不起！"

　　喊完，我内心的郁结仿佛得到了释放。刚才失控地放声大哭，是因为我想起上次来这片池塘时，看到池塘里面的泥土被翻挖过，应该是学校为了清淤。

　　很显然，如今满塘的荷花，就是因为当时的清淤，让沉睡的莲子重新发芽，所以，在这个夏天，盛放出如此美丽的荷花。

我曾经看过一个新闻，说沉睡千年的北宋莲子，再次开了花。它只是被深埋千年，但并不代表它不能开出美丽的花来。

我想到了自己。沉睡千年的莲子都能醒来，再次怒放出美丽的花朵。而我，一个活生生的人，为什么要被人看不起，被人当众羞辱，被人把脸踩在地上狠狠摩擦？

站在荷塘边，过往的很多场景在我的脑海中像放电影一样一幕幕浮现。

自从进入高三后，短短一个多月，我连续多次被人当众羞辱：苏宇哲无意中打了我的脸，不仅不给我道歉，还骂我不长眼睛；班主任不为我主持公道，明目张胆地偏袒学霸；马妮然三番五次地对我阴阳怪气，甚至当众羞辱我，骂我癞蛤蟆想吃天鹅肉。还有每次我被人羞辱时，围观的同学那刺耳的笑声……

生活中所有的情绪，都是由小事汇成。

我在学校被看不起，回到"本应该被无条件地爱着"的家里，也是经常被忽略、不被重视，而且已经持续了好几年。

我对爸妈的记忆，就是他们为弟弟忙这忙那的身影，而我和他们在一起的时候，似乎除了争吵，就没有其他记忆了。

高一、高二这两年，我回家的次数并不多，因为我的房间成了弟弟专门学习的书房，堆满了弟弟的学习资料。

以前的周末，我更多是去奶奶家。小时候，爸妈都要上班，是奶奶把我从小带到大。奶奶一直把我捧在手心，给我做我喜欢吃的饭菜，给我买好看的衣服。只有在奶奶那里，我才有"被在意"的感觉，那也是难得的让我感觉到温暖的时光。

随着这一幕幕从脑海中闪过，我感觉自己经过了一次"洗礼"，获得了"新生"，心情也平复下来。

我再次抹了抹眼泪，整理了衣服和头发，站直了身体。我想正式一些，郑重一些，因为，我要在我的秘密基地里，对着这片荷塘发誓——与过去的自己告别。

我把右手放在左胸上，在内心发誓：曾经那个成绩垫底的学渣杨婷婷，已经死了！我，现在的杨婷婷，对天发誓，从此刻开始，要努力学习，考上好的大学，不管遇到任何困难，都不能放弃。我要证明给全世界的人看！

23　学霸在学校有哪些优待

2018年9月20日　　周四　　晴

今天，第二节课下课后，因为要做课间操，时间长一些，我去了一趟老师办公室。

高三老师的办公室门是敞开的，我没有敲门，直接进去了。这间办公室，这一个多月我已经来过好几次，哪位老师的座位在哪里，我已经非常熟悉。

我直奔张老师的座位。张老师正在和几位老师聊天。他们围成一团，在我进去的那一刻，正发出一阵大笑，我依稀听到他们说到"苏宇哲"这个名字。

有老师看到我进来，立刻停止了笑声。我走近后发现，英语老师刘老师也在他们中间，看到我过来，她疯狂地给其他几位老师使眼色。我心里咯噔一下。

各位老师看到刘老师的眼色后，立即停止了笑声。不过，我发现他们开始用很奇怪的眼神上下打量我。

结合我刚才依稀听到的"苏宇哲"这个名字，我大概猜到，他们刚刚聊天的对象是我，他们的大笑，也是针对我。

或许是经过了之前的社死现场，也或许是因为我已经与过去的自己作别，心中有了明确的目标，知道了自己要干什么，我就没那么在意。

看到我进来，老师们马上散开，回到各自的座位。没等张老师开口，我便率先提出，因为坐在最后一排，我看不到黑板，想要换座位。

或许是因为之前我执意要打游戏，张老师对我的态度很冷漠。

沉默良久，我向他表明我以后不再打游戏并会好好学习的态度。

张老师表示，换座位不是不行，但是一中有一个传统，那就是按照名次选座位，把选座位的权利交给我们自己，自己能坐在哪里，成绩说了算。每次月考后，可以选一次座位。第一名先选，接着是第二名、第三名，以此类推。所以，如果想坐好的位置，只有一个办法，那就是在下次月考中，把成绩提上去，这样就可以不用坐在最后一排。

对于这个选座规则，我实在不好说什么，因为它听上去的确很有道理，谁强谁先选嘛，没毛病。

24　人最可怕的是习惯落后

2018年9月21日　　　周五　　　阴

我心里一直有一种感觉，坐在最后一排，就是被老师看不起、轻视的一种体现。

今天不知道为什么，从上课坐下的那一刻，我忽然觉得浑身不自在。

可能是因为这种感觉，我的自尊心被完全唤起。我在心里默默地告诉自己：下一次月考后，我一定要坐到中间的座位上去。

数学依然是我最差的科目。今天上课时，老师讲了什么，我没有去听，也听不进去，更听不懂。我给自己出了一道数学题，准确地说，是一道小学数学题：

已知，高三（1）班是按照考试名次选座位，成绩好的先选。高三（1）班有60名同学，教室里面有6列座位，每列坐10名同学。如果同学甲不想坐左右最边上的座位，也不想坐最后面一排，那么，请问，同学甲在下次月考中，必须考进班上的前多少名？

当然，这道题很好算，就是"60-（10+10+4）=36"。

虽然数字对了，但我忽然发现，这道题可以有更简单的计算方式：直接用中间的4列乘以每列9名同学，也是36名。

我对待这道题的方式，一方面能看出我的数学有多差，我的解题思路有多麻烦，本来一步乘法就能搞定的事情，我却要用好几个加减法；另一方面，也反映了我潜意识里习惯于落后的心态。这道题我用减法，从60名倒着来进行计算，本质上，我的思路是我不要落到班上的倒数多少名，即我潜意识里是习惯于落后的状态。而如果直接用加法，那思考方式则是我考进班上的前多少名就行，根本不去想会落到多少名，这是从第一名往后看的思维。

两种思维方式，一种是从最后一名开始，另一种是从第一名开始。这两种思维方式，也反映了我当下的心理状态。

不过没关系了，现在我要的是改变，要的是提分。

现在距离下一次月考还有十多天的时间。为了这个目标，我必须向前冲！

第五章

告别学渣，我提分的开始

生活就是这样，已经发生的事情就是发生了，无法改变，但其实它们对人生的影响真的很小。真正影响人生的，是人对事实的反应。

25 我要实现的是一个奇迹

2018年9月23日　　　周日　　　晴

明天就是中秋了，而作为高三生的我们，没有假期。思来想去，我还是决定趁这半天的休息时间回家一趟。

一来是回去看看妈妈和弟弟，二来是跟妈妈说一下我接下来的学习目标——我要通过这12天的学习，提高多少分。

我回顾了进入高三后两次考试的成绩。

高三开学的分班考，总分是336分，语文88分，数学44分，英语68分，理综136分。

上一次月考，我的总分是368分，语文91分，数学59分，英语73分，理综145分，进入了年级前700名，在我们班是第50名。

我看了一下我们班上次月考第36名的成绩，是一名原来一中的同学，比我上次月考的368分多出75分。

当然，这个443分，也是接近去年本科分数线的成绩。去年，我们省理科本科分数线是458分，仅仅相差15分。由于高考通常会比平时考试稍微简单一些，所以，也可以把这个443分理解为：相当于能考上普通本科的水平。

不看不知道，一看吓一跳，本来我想进步14名，觉得这个目标还好，不是多难。但是，我没想到，分数上居然要提高75分，而我只有不到两周的时间。

换个角度来想，我这个年级 700 多名的学渣，要通过两个星期的努力，考上本科。

饭桌上，爸爸连看都没看我一眼，一直给弟弟夹菜，因为他认定我绝对不可能完成这个任务。

爸爸的态度就像当头棒喝。我默默地扒拉着饭，在暗暗发誓：为了能坐到教室中间，为了让他们瞧得起我，我只能向前，因为我没有退路。

吃完饭，妈妈端着水果坐在我身边宽慰我，说我能够在一边打游戏一边学习的情况下，在一个月的时间内将成绩提高 32 分，所以，现在这个新目标，我一定能实现。

听她这么一说，我恢复了一些信心。

因为爸爸的不理不睬，加上明天周一有早课，我吃过饭没多久，便离开家返回了出租屋，一路上我都在想，接下来这两周，我该怎么做。

之前我打游戏，也参加游戏比赛，算是一名游戏选手，多少了解一些顶级运动员或者职业游戏选手的特性。

我知道他们非常注意节约自己的精力，在训练的时候，尽量让自己不要被其他事情所消耗，集中一切精力去训练。比赛的时候，那些顶级运动员也是一样的集中精力，高度专注。

我只能按照自己对学习的粗浅理解来行事。上个月，因为稍微在课堂上认真听了讲，成绩就有了明显的提高，认真听讲肯定是重中之重。

如果是这样，我就必须保证老师在课堂上讲的内容，都要真的搞懂。

我也不知道这样到底对不对，但是现在，我只能根据自己的理解，给自己定下一个学习要求：把课堂上老师讲的内容，全部搞懂。

我不知道结果会怎样，反正两个星期后就能看到结果。如果不行，我就另外找方法。

26　一口真的不能吃成个胖子

2018年9月28日　　　周五　　　晴

这一周，我一直在努力学习，想尽一切办法，搞明白老师在课堂上讲的所有内容。

最近这几天，我没有写日记，因为我的确没有时间，每天晚上10点我回到出租屋，都会学到晚上12点，有时候甚至到凌晨1点。可即使我如此努力，还是没有办法把每堂课上老师讲的内容都搞明白。

我遇到了很多麻烦。我发现，这个简单的要求，对于我这个学渣来说，也是一个不可能完成的任务。

老师上课讲的内容，基本上我都听不懂，只能拼命地记笔记，把老师讲的知识点都先记在笔记本上。就这一周，每一科的笔记加起来，我几乎记满了大半个笔记本。

早自习和晚自习的时候，我就一直缠着老师，让老师给我讲解。

我霸占了老师的很多时间，导致老师不得不跟我说，今天只能讲这么多，因为还有其他同学有问题要解答。

知识都是一环扣一环的，老师现在讲的内容我听不懂，不是因为当下的知识点我听不懂，而是之前的内容我就没弄明白，导致现在完全无法听懂。

这是我现在面临的一个核心问题：之前的欠账太多了。

这就好比老师教我 100 以内的加减法，可是我 10 以内的加减法都还没有学明白，怎么可能把 100 以内的加减法学明白呢？

张老师告诉我，之所以很多同学的成绩会越来越差，就是因为有些知识点之前没有学明白，这个坑就留在那里了。而后面的知识点是以前面的知识点为基础的，自然后面的就学不明白了。不明白的越来越多，于是形成了恶性循环，成绩就越来越差。

除了问老师，我还自己疯狂地看教材。我把高中教材，甚至初中教材都找了出来。那一本本的教材，尤其是数学，就这一个星期，高一、高二的教材都被我翻得卷边了。而我原来的教材跟新书一样，上面干干净净的，压根就没怎么翻过。

其实，最近除了学习，我也开始在网上寻找学习方法。

我了解到，教材才是普通学生最应该利用好的学习工具，因为我们要学习的知识点都在教材上。而我们高考的时候，不管怎么出题，最终都是在考某个或者某几个知识点。

我决定回归基础，先好好吃透教材。

虽然大家都说教材上的东西不难，但是对于我来说，真不是这么回事啊。我在网上看到一个说法，如果教材上的内容学不明白，那就直接把教材抄三遍。当你抄完三遍，你就能搞懂了。

我不知道这个方法是不是真的有用，但是我也没有其他方法，只能这样做。

我拿出最让我为难的数学和物理教材。原本我是想只抄自己不理解的地方，可当我真的去抄的时候，我发现根本就没有几个会的。为了便于自己理解，我就干脆直接全部抄。这一个星期，数学和物理，我就抄完了半个笔记本，有几十页。

除了学习教材，晚上回到出租屋，我还在网上看别人讲解教材上的知识点。为了把一个知识点搞懂，我不仅看图文的讲解，还看视频的讲解，毕竟我并不是一下子就能完全看懂的。周三那天晚上，为了把物理中摩擦力的问题搞明白，我看了十多个讲解摩擦力的视频，一直到凌晨 2 点多。第二天我不到 6 点就起床了，又把看过的视频重新看了一遍，怕睡一觉又忘记了，那就太亏了。做完这一切，我才赶去上早自习。

由于一直在网上看各种学习资料，我手机里的搜索软件还有视频软件的搜索记录，全是与学习有关的。有时候，我想放松一下，刷一下视频网站，结果给我推送的也全是学习账号、学习视频，什么老师的账号、学霸的账号，各种讲学习方法、讲知识点、讲题的视频。不得不感叹，大数据就是厉害，我想放松都放松不了，这让我哭笑不得。

27　学习需要选择性放弃

2018年9月29日　　周六　　晴

　　每每学到半夜，尤其是花了一个晚上还没有把某一个问题搞明白时，我真的很想放弃。那种感觉，就像是你为了一件事拼尽全力，结果却毫无成就，会极大地挫伤人的自信心和意志力。

　　我觉得不能这样下去，得想一个办法。如果一直这样持续下去，很有可能我会在某一刻崩溃，到那时候就前功尽弃了。

　　我知道，梦想本身不会发光，发光的是追求梦想的自己。假使跌入了深渊，那就使劲爬出来，输了、失败了，那就接着战斗，就是要不服。这样不认输、永不放弃的自己，只为留下脚印，证明我来过、我努力过！

　　我客观地分析了一下自己的情况。作为一名基础很差的学生，现在一下子语、数、外、物、化、生六个科目同时上，难度可想而知，我肯定吃不消。

　　既然不能都搞明白，那就先把能搞明白的搞明白，这样让自己先坚持下去，还能看到结果。

　　根据上次提分的经验，我发现语文的提分其实是比较慢的，可能是因为我语文分数比较高，提分空间不大；物理上次提分好像也比较少；英语小知识点挺多的，感觉好多东西都要学，好多单词都要背，我现在花了时间，也不一定能马上使我下一次月考提分。

于是，我确定下来，接下来的时间和国庆三天假期，我就专攻数学、化学和生物，如果有空，再兼顾一下物理。

2018年10月4日　　周四　　多云

三天的国庆假期，一眨眼就过去了。爸爸和妈妈带着弟弟去参加市里的国庆少年歌唱大赛，所以我也没有回家，而是在出租屋里学习。

爸爸是什么都让弟弟学，周末弟弟全在外面，不是上这个班就是上那个班，所有活动都是爸爸陪着。要是搁以前，我心里会很不平衡、很失落，现在，虽然我多少还是有一点失落，但是已经不会很难受，也不会很在意了，因为我已经进入了自己的轨道。

昨天傍晚，我还专门出去走了走，毕竟最近连续学了太多天，想散散步，呼吸一下新鲜空气。路过网吧门口时，我看到几个青年嬉笑着从网吧走出来，兴致勃勃地讨论着刚刚打游戏的过程。我的思绪一下子被拉回了过去。我驻足了一会儿，但也只是笑笑，便快步离开了。

回去的路上，我回想起这几天自己采用的学习方法，和上周一样，还是没有什么变化，只是突击的科目变少了。不过，我发现改变了学习策略之后，学习起来轻松了很多，基本上每天晚上能在11点半左右睡觉。

保证足够的睡眠这件事，对于学习来说，重要程度不亚于学习本身，毕竟身体是革命的本钱。学习其实是效率的竞争，不是谁的学习时间长，谁的成绩就更好。相反，那个效率最高的人，通常才能胜出。

睡眠充足，让我感觉白天上课的效率提高了很多，毕竟精神状态比较好时，脑袋转得更快。不像上周，我总是有点昏昏欲睡，学习效率并不高。

明天就是这个月的月考了，我很期待这一场战斗。

28　肉眼可见的进步

2018年10月5日　　　周五　　　小雨

昨天还好好的天气，今天早上居然下起了雨，有了一些凉意。

我今天起得比往常早。昨天下了晚自习，我没有再去学习，因为要为今天的月考储备能量，得保证自己有良好的精神状态。

学校月考的时间安排和高考的时间安排是一致的：第一天上午语文、下午数学，第二天上午综合、下午英语。

今天的考试结束后，班里没有安排晚自习，大家可以自由学习。在食堂吃过晚饭后，我就早早地回了出租屋，复盘了一下今天考的语文和数学。

语文和原来相比并没有特别的变化，除了选择题有些把握外，主观题和作文都是凭感觉写的。这么多年了，语文考试我一直是靠感觉，因为我一直觉得语文就是个玄学，学什么、考什么都不确定，学了好像也不会有提高，不学好像也不会下滑。

数学的变化倒是很大。前面好几道选择题我都能轻松做出来，后面的几道，我确实有点无从下手，但这和我原来完全靠蒙相比，真的进步了很多。

填空题，我竟然也有那么一两道能做出来，其他的也有一两道大概知道一些解题思路。不过，不管我怎么算，就是无法得出答案，有点可惜。

大题部分，我居然第一次把第一道大题做出来了。后两道，每道题也都能做出来一点。哪怕最后两道大题，也能多少写点东西上去。这个情况让我感受到了自己的进步，我对自己又多了一些信心。

为了明天的两科考试，我还是决定抓紧时间好好准备一下，临时抱佛脚，说不定有点效果。

2018年10月6日　　周六　　晴

今天天气放晴了，吃过早饭，我信心满满地走进考场。

上午是理综考试，我放着物理题没管，先挑化学和生物题去做。我的化学本来就学得稍微好点，现在又花了工夫，所以题目完成得还不错；生物题目，我发现很多我也能做出来，基本上都是老师上课时讲的一些内容。做完化学和生物后，我才去做物理。物理还是和原来一样，没有什么变化，题目好像能看懂一些，但就是不知道怎么做。

吃过中午饭,我没有回出租屋,而是来到了学校的小花园。我拿出随身带着的小单词本,一个个地看我最近一段时间新记的单词。这个学习习惯,也是我在网上看到的。网上说,像背单词这类需要重复记忆的学习任务,要利用碎片时间进行,使用大块时间反而效果不好。所以,我就买了一个小的单词本,每天都会把要背的单词在早自习的时候抄在上面,课间、食堂排队、走路的时候,甚至上厕所,我都会拿出这个小单词本,随时看。

下午的英语考试,我感觉提升还是有的。原来大多数题,题目都看不懂,但是这次,我有一个很清晰的感受,那就是卷子上的文章,虽然我尚且不能完全看懂,但是多少能看懂一些句子了,只是速度有点慢。

但这是我第一次英语考试没有做完试卷。因为我顺着题目一题一题地去做,看得比较慢,也没有注意时间,导致老师提醒还剩 15 分钟的时候,我只做了 70% 的题目,连小作文都还没来得及动笔。

不过,这样的情况没难住我,剩余的题目,我继续发挥以前的蒙题绝招,作文也胡乱写了几句就交卷了。

如果能多一些时间,我会不会考得好一些呢?

29　提分居然如此简单

2018年10月8日　　周一　　晴

今天是公布成绩的日子，所有科目的分数、总分，还有班级以及年级排名都会公布出来。

和上次月考后一样，班主任张老师在晚自习时专门来给大家公布成绩。

在食堂吃完晚饭后，我刚走进教室，就发现有好几个同学围在教室前看。我赶紧凑过去，原来是这次月考的成绩已经张贴出来了。

成绩是按照班级名次排序的。最前面的是班级名次，接着是年级排名，后面是每个单科的成绩。

离晚自习上课还有半个多小时，回到教室的同学不多，我直接挤到前面，开始找自己的名字。

我从班级最后一名开始往上看，大志和小林的名字依旧在列。我特别紧张，手心里全是汗，一方面我不想那么早就看到自己的名字，另一方面又想赶紧知道自己的成绩。

第三张成绩单上面所有的名字都看完了，居然没有我的名字。我迫不及待地看向第二张，依旧是从下往上看，结果，最下面出现了我的名字。

全班第40名，年级第521名，总分423分，单科分数，语文93

分，数学 79 分，英语 82 分，理综 169 分。

我马上往前看，第 36 名还是原来一中的一位同学。虽然只有 4 个名次的差距，但是相差了 23 分。

尽管没有进入前 36 名，但那一刻，我好像没有那么在意了。我觉得自己已经很了不起了。毕竟我上了 400 分啊，还是 423 分！这可是一个接近本科线的分数。这在两个月前，是我想都不敢想的成绩。一个之前天天打游戏的学渣，怎么可能会想到在两个月之后，居然能考到本科录取的分数呢？

可一切就是那么难以预料，我居然这么快就实现了一个奇迹，而且，我真正投入学习的时间，也就两周。

每个科目的提分程度，和我考试时的感觉差不多。不过，还有两点让我觉得稍微意外，第一是我的英语居然提高了 9 分，要知道我在英语上花的时间并不多，只是在碎片时间里背了单词；第二是数学能提高 20 分。我没有想到我这个万年数学差生，居然能在这么短时间内提高这么多，达到了 79 分。

晚自习的时候，班主任张老师总结本次月考的情况。当然，苏宇哲还是一如既往的年级第一，而且他的总分超过了 700 分，全年级第二名也就 670 多分。马妮然成绩有所下滑，是 630 多分。我看到她好像很不高兴。她的不高兴，令我内心有一丝快感。

张老师依然表扬了我的进步，只不过这次表扬的时候，从"这么低的分也不行啊"，变成了"再努把力就到本科线了，继续加油"。

总结完考试成绩，就是按照名次选座位。我本来想着坐不到中间去了，但是我前面有几位同学选了教室最边上两列的座位。于是，我就坐到了中间，教室第二列倒数第三的位置。

虽然如愿以偿地告别了曾经的位置，但是我好像也没有那么激动。

我有一个很强烈的感受：学习其实很简单，我就努力了那么几下，成绩就提升得这么快。

当我坐在新座位上时，抽屉里竟然出现了一封信。我打开一看，是牛皮纸的材质，也不知道是谁恶作剧还是哪个男生塞进来的。不过，那一刻的我，完全没有心思去细看里面的内容。

因为我脑袋里想的全是成绩。如果我每个月能提高 55 分，那么，从这个月开始算起，到明年 6 月份高考，即使每个月就提高现在的1/2，甚至再少点，比如每个月提高 20 分，那 8 个月我就能提高 160 分，再加上我现在的 423 分，那就是 583 分。这个分数，已经能让我考上很好的大学了。

晚上睡觉前，我收到了"翱翔宇宙"发来的微信。不知道为什么，他现在开始主动找我聊天了。今天他一上来就问我最近怎么样。我告诉他，我已经走出了最黑暗的时候，今天月考成绩出来了，我进步很快，我很为自己感到高兴。

他的回复倒是很平静，只是告诉我，现在开始进步了，那就乘胜追击，保持住这个"惯性"。

30 勇敢开始才有机会成功

2018年10月13日　　周六　　晴

距离这个月的月考过去了一周，我每天都在认真学习，日子过得很充实。

坐在出租屋的书桌前，我想记录一下高三两个多月以来，我对学习、对提分，甚至对人生的一些感悟。

第一点感悟：告别学渣，其实很容易。因为之前实在是太差了，所以，只需要稍微多花点心思在学习上，提分就会非常明显。

第二点感悟：既然学渣提分那么简单，那为什么很多差生成绩就是提不上来？其实背后是一个心态问题。很多成绩差的学生，会认为自己太差了，学了也提不上来；或者觉得学习太难了，自己不是学习的那块料，于是就永远不会真正开始去学习，导致没有提分的机会。

对于成绩不好的学生来说，最难的永远是开始。我之所以能开始，还要感谢那些曾经轻视过我的人，我的老师、同学，甚至是我的父母。他们冷漠的眼神、难听的话语，甚至是那些约定俗成，实则暗含歧视的规则，都是刺激我勇敢开始的催化剂，要学会利用好它们。

生活就是这样，已经发生的事情就是发生了，无法改变，但它们对人生的影响真的很小。

真正影响人生的，是人对事实的反应。

就像提分的过程，只要我想勇往直前，那我就能一直勇往直前，不管发生什么。

写到这儿，我望着窗外发起了呆。迎面吹来了一阵风，暖暖的，很温柔。

第六章

拼命努力却退步，我陷入绝望

这应该就是通往成功的必经之途，我要冲击的高考，也是一样的。眼下成绩下降，也是我的必经之路。我相信，只要继续努力，我就能冲破眼下的阻碍，收获成功。

31 "正反馈"会让你对学习上瘾

2018年10月14日　　周日　　晴

　　进入高三后，我妈妈对我的关心和为我做的事，让我对妈妈的态度有了根本的改变。我已经把妈妈视为我前行路上的战友、帮手和益友。

　　我有小半个月没有回家了。妈妈趁着周日的半天休息时间，来出租屋给我做了我一直喜欢吃的牛肉米粉。

　　吃饭的时候，妈妈很骄傲地告诉我，弟弟在歌唱比赛中拿到了冠军。我点头附和着，心里暗暗有些失落。我迫不及待地告诉了妈妈我这次月考的情况，并直言只要自己再努力一把，考个本科绝对没有问题，甚至211大学也不是没有可能。

　　听到我的成绩，妈妈有些吃惊，她没有想到，这么短的时间内我会有如此大的进步。而我现在依旧保持着愿意继续努力的状态，因为我知道，只要我继续努力，就一定会继续进步。我都感觉自己对学习有点上瘾了。

　　听完我的话，妈妈告诉我，目前的我，正处在一种叫"正反馈"的状态。

　　我没听过这个词，不太明白这是个什么状态。在妈妈细心地解释后，我恍然大悟。原来，这个词可以这么理解：现在我在学习上付出了，然后成绩就进步了。我的付出得到了结果——成绩提高，成绩提高这个结果，就是对我付出的"正反馈"。这种"正反馈"，会让人自然而然地继续投入新一轮的行动，因为人们都希望继续获得"正反馈"，这其实就是事情越来越好的一种发展状态。

我好奇妈妈怎么会知道这么专业的内容。妈妈告诉我，自我进入高三后，教育类的书她都看了不下三本了，还关注了十来位教育方面的博主。

得到了妈妈的肯定，更看到了妈妈的付出，我似乎又多了一份动力。对于持续的进步，我又多了一份信心！

32 拼命努力的日子让我很满足

2018年10月18日   周四   多云

这个月已经过半了。

我给自己的学习设定了一个新的目标，那就是每天要完成老师布置的作业，不管做到多晚都要完成，不管多难都要做出来。如果实在做不出来，那至少要努力尝试三遍。

我发现，要求自己把课堂上老师讲的内容都搞懂，是一个无法衡量的事情，因为我不确定自己是否真的听懂了。而老师每天布置的当日作业或者练习，基本上都是对当天学习内容的检测，所以，我需要利用当天学到的知识把这些题目都做出来。这其实是一个更高的要求，因为不仅要把所学的知识搞懂，还要学会应用。

这个要求确实比原来的搞懂更难达到。高三以后，每个科目的老师布置作业时，都似乎以为只有自己这一个科目，所以综合起来作业量很大。

上个月的时候，我没有太在意作业的事情，因为单单去搞懂课堂上老师所讲的知识，就已经令我精疲力竭了。

为了达到这个目标，过去的两周我比原来更加努力，学习的时间也更长了。我几乎没有在凌晨 1 点前睡过觉，第二天又是早上 6 点半起床，赶去上早自习。每天睡觉的时候，从窗户看出去，整个小区几乎没有亮着的灯，不大的县城显得那么安静。

甚至有一天因为作业特别多，当我做完最后一道数学题时，抬起头的那一刻才发现，竟然已经凌晨 5 点多了，我索性就没有上床睡觉，而是趴在书桌上迷瞪了一会儿，就直接起来上早自习了。因为我担心一旦躺在床上，就会睡过头。

古有"头悬梁，锥刺股"，今有我杨婷婷"皮筋弹手臂"。由于每天睡眠的时间实在太短，导致我在课堂上很容易打瞌睡。但是我不允许自己这样，或者说我没有资格这样。我想了一个办法——我的手臂上随时都戴着一根橡皮筋，每当有困意时，我就会用橡皮筋弹自己的手臂，让自己感觉到痛，一次不行就两次，两次不行就三次，直到脑袋能够保持清醒，没了困意。我记得最多的一次，我连续弹了十次，现在我的手臂上已经有了一道道的红印。

有时候，弹皮筋不管用了，我就干脆主动站到教室后面去听课，因为在座位上直接站起来，会挡着后面的同学。站着听课，就不会睡着了。高三了，班上绝大多数同学都很拼命，有些同学也是每天睡觉的时间很短。在我的带领下，班里慢慢形成了一种风气，谁困了就自己主动站到教室后面去听课。尤其是下午的第三、四节课，大家普遍都会犯困，会有十来个同学站在后面听课。有的同学甚至一上课就直接站到了后面，因为要抢中间的位置。

除了学习，我也会抓住一切时间休息。经过一段时间的训练，我已经可以做到，只要下课铃一响，便快速回顾完这节课上的内容，然后就能马上趴在课桌上睡着。上课铃一响，我又能一骨碌起来，直接进入上课状态。我发现这是一个很好的办法，因为下课几分钟的休息，能迅速给身体补充能量，保证我下节课45分钟脑袋是清醒的。

大志和小林本来想在课间找我玩，看到我睡觉，也很少打扰我。我和他们说，我现在这一整套操作叫"科学熬夜"。后来不知道为什么，被班里的同学知道了，也传到了班主任张老师的耳朵里。后来有一次自习课，张老师还让我专门给全班同学做了一个如何"科学熬夜"的分享。

我不是圣人，也是血肉之躯。在学校里学习其实还好，因为我不是一个人在战斗，班上的同学也都很努力，他们是伙伴，也是战友。在这样的氛围中，会让人很容易就坚持下来。

最难熬的，是下了晚自习后，一个人在出租屋里学习。每当我做出一道又一道题后，抬起头从窗户望出去，对面楼里亮着的灯就会少几盏，等到灯越来越少，黑夜包裹着自己的时候，那种单枪匹马战斗的孤独感就会瞬间侵袭而来。

虽然很难熬，但每每想到马妮然、苏宇哲、张老师他们说过的话，对我做过的那些事，我就暗暗发誓，我要拼了命地努力，即便只有这一次，不管输赢，也要努力到让自己心服口服。

我一次次地回想，又一次次地坚持。

拼命努力的日子，让我很满足。

33　永远不要寄希望于别人

2018年10月21日　　周日　　阴

这个月，我除了拼命努力，还在悄悄执行另外一个计划。

不过，这个计划我没有告诉任何人，包括我的妈妈，因为我不确定这个计划能达成的可能性有多大，也不想让人继续看我的笑话。

这个计划就是我得想办法让苏宇哲指导我学习。我坚信，如果有他的帮助和指导，我的进步肯定更快。

今天，可以说是我这个计划执行过程中的一个转折点，因为一件离奇的事情发生了。

早自习快要结束时，张老师中断了早读，宣布了一件小事。

谁也想不到，学校竟然制订了"保护清北苗子计划"，也就是要保护好能考上清北的好苗子，让他们最终顺利考上清北。学校往届也有两三个同学能考上清北，而苏宇哲便是这一届最大的可能了。

张老师提出一个要求，那就是班上的每位同学，都不得以任何形式打扰苏宇哲的学习。

对于这个决定，班上的同学你看看我，我看看你，一片哗然。更多人是看着苏宇哲，似乎都觉得很奇怪，为什么会突然宣布这么一个决定。

苏宇哲还是那副样子——面无表情。他只是摊开双手，表示自己也不知道此事。

很显然，这个决定影响了我的"让苏宇哲帮我"计划。正当我想提出疑问时，马妮然已经站起来，一脸轻蔑地问何为不打扰。

张老师的解释是：一切影响苏宇哲学习的行为都是。比如，问苏宇哲问题，不管成绩好与不好，这样就很影响苏宇哲的学习。我们要让他能安心学习，以免学校的清北苗子受影响。

张老师说完便扭头离开，留下大家在教室里交头接耳，议论纷纷。

自然，我也很不理解这个决定。这很不合理啊，同学之间请教些学习问题，怎么能是打扰呢？学霸给同学讲题，不是也有利于他自己的学习吗？

趁着下早自习，我冲到了老师办公室，想问清楚。然而，张老师的话又让我仿佛回到了一个多月前，自己的脸被人踩在地上狠狠摩擦的时候。

虽然张老师肯定了我这一个月的努力和付出，但无论如何我也没想到，这个决定竟然是因为我！就因为我最近老去问苏宇哲问题，引得其他同学也去问他，导致苏宇哲自己无法好好学习。

那一刻的我真的非常生气，这个决定是不是会伤害到那些成绩不好却在拼命努力的学生呢？

但我尽量控制住自己的语气，因为我不想惹怒老师。我记得我来这里的目的，是想办法得到苏宇哲的帮助，任何人任何事不能妨碍我。

作为老师，他的出发点没有问题，因为再高的本科率别人也可能不会关注，大家关注的是学校有几名同学考上了清北。

这个社会就是这么残酷，人们永远只关注、也只记得那些顶尖的人物，其他人则会成为残酷的分母。就像奥运会，人们关注的是金牌数，以及金牌获得者，银牌获得者作为第二名，多少年后，又有几人记得呢？

我没有再和张老师争论，而是默默地转身离开了办公室。

张老师的这个决定，让我很难受，一时间竟然不知道应该与谁诉说。我主动在微信上找了"翱翔宇宙"，和他说了这件事，让他评评理。他告诉我，不要在明面上和老师对着干，老师肯定是重视学霸的。只要这个学霸自己愿意给你讲题，愿意帮助你，那你继续去问就是了，记得适当避开老师和同学。

34 到底什么是好的学习方法

2018年10月31日　　周三　　阴

明天又要进行月考了，因为没有多余的时间，我也已经连续一个多星期没有写日记了。

我现在真的已经把一切可用的时间都用来学习了。我让妈妈给我买了五件一模一样的白色内搭T恤，还买了两件款式一样但颜色不一样的外套，这样我每天就不用思考穿什么衣服了，可以随便拿起来就穿。而我妈，刚好每周来两次：一次是周三，给我洗衣服、收拾房间；一次是周日，趁着学校的半天假，给我改善一下伙食。

上次张老师当众宣布的"禁止打扰苏宇哲"的禁令，确实刺激到了我。既然靠不了别人，那我只能自己更加努力。

在禁令宣布之前，我从来没有在凌晨1点前睡过觉，而现在，我都是凌晨2点多睡；不管睡得多晚，早上6点一定起来。

这个月，在苏宇哲那边，我也多少得到过一些帮助。在那道禁令之前，我确实逮到机会就去请教他，核心就是"好的学习方法"。虽然他对我很冷漠，但我并不在意。

他告诉我，最重要的学习方法是"做错题本"，就是把自己遇到的错题，抄到错题本上，一道道地消灭。可是我用了这个方法后，发现我的错题太多了，如果都抄到错题本上，基本上就没有时间干别的了。

除此之外，他告诉我要"认真刷题"。可是这个方法在我具体操作的时候，也出现了问题。我不会的题目，刷不出来，反而会沮丧。显然，这一点违背了妈妈说的"正反馈"原则——花了时间刷题，可是刷不出，没有得到好的结果，也就没有正向的反馈，这让我不愿意继续付出努力。

我就自己遇到的这些问题再次请教，可他只是重复几个字："认真看参考答案"。

苏宇哲惜字如金，我只能按照他说的，"认真看参考答案"。可是我看不出什么名堂来，感觉也没有什么效果。

从 10 月初我就开始想尽一切办法缠着苏宇哲，也在暗中观察他的学习状态，但是我得到的就是"做错题本""认真刷题"这两个我无法执行的方法。

我执行的效果这么差，是不是有别的原因？我做了一下分析，有三种可能：

第一，会不会是苏宇哲对我撒谎了，他没有告诉我真正的好的学习方法？毕竟这两个方法听起来那么普通，看似平平无奇。

第二，他的方法很有用，但是我没有把握住精髓，没有明白这两个方法的关键，他也没有给我讲得太清楚，导致我真正在用的时候，没有用对，没有效果。

第三，或许他本就是天才，不需要怎么学，这种方法就是他们学霸的学习方法，对我们这种学渣或者中等生来说并不适用。

我不确定到底是哪种原因，不过，我还是偏向第二种，那就是我没有用对。我觉得苏宇哲没有骗我的动机，而且"做错题本"以及刷题，也确实是很多同学都在用的方法，并不是学霸专属。

不过，现在我也不去管到底是哪种原因了，因为班主任下了禁令之后，我也难有机会再找苏宇哲了。我就干脆不用他的方法了，反正我用了也没什么效果，而我用自己摸索出来的学习方法提分明显，这是事实。

35 为什么拼命付出却没有收获

2018年11月3日　　周六　　阴

两天的月考结束后，今天又到了出成绩的日子。

我一吃完晚饭就来到了教室。成绩还没有张贴出来，每每月考完，大家都在放松，早到教室的人不多。

我看到有小部分同学凑在一起聊天，肯定是在聊月考成绩，所以，我也就加入了他们。

一起聊天的几个同学，都是成绩比较中等的。这一点很有意思，中等生对自己的成绩最着急。可能学霸知道自己会很好，不会在意；而学渣知道自己不行，也不会在意。

我们一起聊天，大家都说我现在进步很快，又那么努力，这次成绩肯定会进步一大截。我自己也对这次成绩充满了期待，这次有可能会冲进班级前20多名，成绩大概460~470分的样子。

人生就是这样，有时候希望越大，失望越大。没等我们聊一会儿，教务干事就拿着成绩单来到了我们班，把成绩贴到了教室前面。

还是三张成绩单，这次我没有从最后一张开始看，而是先从中间一张开始看，只不过是从上往下看。可是，直到最后一个，也没有我的名字。

我一阵激动，难道我进入了前 20 名吗？我马上看向第一张。从后往前看了十来个名字，还是没有我的名字。

很显然，我不可能进入班上前 10 的。那一刻，我心头一凉，我知道出问题了。

我快速把目光跳到第三张成绩单上。果然，我看到了我的名字，在第三个，第 43 名，总分是 409 分，年级排名第 547 名。

这怎么可能？我不敢相信这个结果，名次和成绩都下降了！

我站在那儿一动不动，愣了很久才回到自己的座位上。

我稳定了一下自己的情绪，仔细地看了每科的分数。

这次月考的成绩：语文 95 分，数学 75 分，英语 85 分，理综 154 分，总分 409 分，班级第 43 名。

上次月考的成绩是：语文 93 分，数学 79 分，英语 82 分，理综 169 分，总分 423 分，班级第 40 名。

对比上次月考的成绩，总分降了 14 分，班级名次降了 3 个名次。具体每个科目的分数有升有降，语文提了 2 分，数学降了 4 分，英语提了 3 分，理综降了 15 分。

一个月的拼命努力，而且是比原来更加拼命的那种努力，换来的居然是退步！

我看着自己的分数，想起这个月自己付出的那么多个日日夜夜，泪水忍不住夺眶而出。

为了不让人看到我难堪的模样，我冲到洗手间，把水龙头的水放到最大，让水声压过我的哭声。痛哭过后，我拼命用冷水冲洗自己的脸。我抬起头，看着镜子里的自己。我真的想不明白，为什么拼命付出，换来的会是这样的结果呢？这真的让我很绝望！

水打湿了我的长发，那一刻，我觉得所有的东西都在阻碍着我。情绪一下决堤，我从教室里拿来我平时从练习册上剪错题用的剪刀，干脆利落地把留了多年的长发剪了。望着镜中短发的自己，那一瞬间，我的情绪似乎得到了宣泄，渐渐平缓下来。

晚上，回到出租屋，我打开手机，想随便看点东西，纾解一下自己的心情。进入高三，我们是不能带手机进教室的。

一个爆炸性消息冲到了我的眼前：《英雄联盟》全球总决赛，IG战队夺冠。

北京时间 11 月 3 日，《英雄联盟》2018 年全球总决赛 (S8) 正式落下帷幕，来自中国 LPL 赛区的 IG 战队以 3:0 横扫欧洲战队 FNC，拿到了 LPL 赛区第一个全球总决赛的冠军。中国战队历时七年，终于拿到了含金量最高的冠军。

那一刻，我直接哭了。我相信，大多像我一样热爱电竞的人都会热泪盈眶。我把这个消息马上发给了大志和小林，他们也和我一样，激动不已。

IG 战队，一直都是我们的偶像。他们能圆梦登顶全球冠军，是他们这么多年一直拼命努力和坚持的结果啊。他们一路走来，有起伏，也有失落，我看到了他们永不言弃的精神。我要冲击的高考，也是一样的，眼下成绩下降，也是我的必经之路。我相信，只要继续努力，我就能冲破眼下的阻碍，收获成功。

第七章

退步后我想明白了一些重要的事

我忽然意识到，在学习的道路上，养成一个好的学习习惯，进入一种"正反馈"的学习状态，是非常不容易的。一旦进入，就一定不能让自己松懈下来。因为一旦开始松懈，各种诱惑、外界阻力，就会把我拖离行进中的轨道。

36 温暖的妈妈

南方的秋天就是这样，阴天很多，就像我的心情，一直是阴郁的。我不知道问题到底出在哪里，我那么努力，换来的却是这样的结果。

月考结束后的假期，我回了一趟家。弟弟见到我，叫了声"姐姐"就进了书房。每次回家，我的房间成了弟弟书房这件事，就会被我注意到，可能因为它就像一个符号吧。

弟弟已经上初二了，好久没见，感觉他长高了好多，已经是一个大小伙子了。

爸爸看到我，脸上有一丝惊讶的表情，不过稍纵即逝。随即，他也进了弟弟的书房。我听到书房里，爸爸在很大声地和弟弟说话。虽然我听不太清他们说的内容是什么，但是听得出爸爸很生气，应该是责备弟弟学得不好，题目做不出来吧。

妈妈端来水果，她发现我的头发剪短了，而且我还满脸写着沮丧。我和她说了因为成绩下滑，我一时不能接受，就自己剪短了头发。她很耐心地安慰我，说这也许是黎明前的黑暗，毕竟我原来的成绩并不好，从高三8月开学到10月结束，一共也才三个月的时间，而且前一个半月的时间，我并没有真的在学习，而是在准备游戏大赛。真正的学习，也就一个半月的时间。可是一个半月的时间里，即便是单算这次的 409 分，我也提高了 73 分，这已经是一个非常了不起的成绩了。

虽然我不确定妈妈说得对不对，但是至少她给了我一个思考的方向，让我的心情好了很多。

每一次回家和妈妈聊天，我都在汲取能量，她一直在用各种方式支持着我，鼓励着我。

这种支持的力量，我太需要了。因为高三的学习本身很苦闷，很枯燥，而对于我这种学渣来说，要面对的学习困难比别人多很多：我不仅要面临学习本身带来的困难，还要面对很多别人没有的精神折磨，比如老师的偏见、同学的侮辱，等等。

本来我是打算下午直接回出租屋的，但妈妈让我留在家吃晚饭。仔细想想，我也好久没有在家和家人一起吃饭了。这几年，我更多时间是在学校。高一、高二的时候，因为我打游戏成绩不好，爸妈确实也不怎么管我，即使回来，和他们也几乎没有什么交流；而上了高三后，我更像是这个家庭的过客。

然而，当妈妈做了满满一桌好吃的，摆好碗筷喊大家吃饭时，过了许久房间里的两个人都没有出来。妈妈进去询问，我隐隐约约听到爸爸不耐烦的语气，说我成绩下滑也不会下滑到哪儿去。

妈妈尽量压低了声音，我知道她是害怕我听见，不过客厅就那么大，我还是听到了。犹豫了一会儿，我还是匆匆换上鞋，和妈妈打了一声招呼就回出租屋了。

这次回家，妈妈给了我温暖的能量，爸爸给了我一如既往的冷漠。

37　珍贵的朋友

2018年11月11日　　周日　　阴

已经连续一周天气没有放晴了，我的心情依然是阴霾沉沉。

可能是上个月学得太狠了，我之前因为有月考一直绷着，倒也不觉得，现在考试完了，然后又放了月假，人一下子就松了下来，身体的反应也就出来了，总感觉这几天精神状态跟不上，昏昏沉沉的，我索性下了晚自习后直接回去睡觉了。

毕竟身体是革命的本钱，要先保证白天学习时的高效率。现在离高考还有七个月，不能一直这么熬夜学习。所谓的"科学熬夜"，再怎么科学，那也是熬夜，偶尔一段时间用用可以，长此以往，迟早会崩掉。

最近我的状态不太好，大志和小林就总在课间来找我，陪我说说话、聊聊天。大志依旧每天无所事事地上课睡觉、开小差，想着哪里又开了一家新的餐厅，要去大吃一顿；小林则不同，他告诉我，他现在正对哪个女孩子展开猛烈的追求攻势，送小礼物，写情书——真是老套的情节。

过去一个多月，我开始努力学习后，和大志、小林他们的接触就很少了。他们也有意地尽量不打扰我，让我能全力学习。

尽管这样，我们三个人的关系还是如往常一样好，和他们聊聊天、说说话，会让我舒服很多。

趁着半天假，我跟他们约好了中午一起吃饭。

然而在吃饭的时候，小林告诉我，马妮然到处散播我的谣言，说我之前成绩进步，都是因为我在考试时作弊。最近一次月考之所以成绩退步，是因为我作弊没有成功，没抄到别人的。

我听到后，气得牙痒痒，连饭都吃不下。难怪最近几天总有同学在背后对我指指点点，不知道在说些什么，原来是在背后议论我。

大志和小林问我要不要他俩去帮我解决这件事，再警告一下马妮然，给她点颜色看看。

我婉言回绝了。目前这不是我该关心的问题，有句话叫"将军赶路，不追小兔"，就是要永远记住自己的主要目标。

我们一起吃好吃的炸鸡，喝着可乐。我好久没有这么开心过了，和他俩在一起的时光，总是美好的。

想想一个多月以前，我们就在那个出租屋里，为了我们寄予厚望的全国游戏新星大赛，熬夜苦练，结果却那么残酷。

而现在，他们两个人为了我的学习，要替我出头，为我扫清学习道路上的障碍，这是真正的好朋友才会想、才会去做的。

38 手机的诱惑

2018年11月15日　　周四　　晴

这几天，我一直在思考一个问题：为什么我那么努力，成绩反而退步了？我必须找到原因。

虽然我现在的心情已经恢复了很多，但对学习的担忧并没有消失。我的注意力也被这种担忧困住了，没办法再集中精力学习。爸爸说的那些话，还有马妮然散布的那些谣言，对我目前的学习状态造成了一定的影响。

不过我已经对之前那些不好的信息有了一定的免疫力，加上这几天，我和大志、小林他们的接触多了一些，又感受到了和他们在一起的那种放松状态。

我的学习慢慢开始松懈了。今天中午回到出租屋，原本准备学习，因为感觉有点累，我就直接躺在了床上。

要是在以前，我会躺一会儿就马上起来开始学习。但是今天，我忽然觉得，躺在软软的床上真的好舒服啊。我想让这种感觉再多停留一会儿。

鬼使神差地，我拿起了手机，解锁，下载了之前删除的游戏软件，开始打起了游戏。

自从决定要好好学习后，我就再也没有碰过游戏了，而且，中间也没有想过要打上一把，但是今天，不知道为什么，我忽然开始打起了游戏。

驰骋在游戏的世界里，我感觉无比痛快，觉得最近这几天的苦闷、阴霾都瞬间烟消云散，如同满满的压力得到了释放。

不知不觉，我打了快一个小时，直到下午要上课了，我才停下来。这个本来应该学习的中午，又被游戏占据了。

下午下课后，我连晚自习都没去，而是直接回了出租屋，开始打起了游戏。可能是游戏带来的感觉太好了，让我欲罢不能，完全控制不住自己。

直到夜幕降临，楼下传来了小孩的读书声，我才忽然意识到：我不能这样，不能再陷进游戏中。

坐在书桌前，我下定决心：以后回到出租屋后，第一时间就把手机放到客厅的抽屉里，并且锁上抽屉。

我必须用这种物理的方式，断开与手机的联系，更不能在学习的时候，让手机出现在我的视线里。这太考验我的意志力了。而且这种与"手机诱惑"的对抗，会消耗掉我很多的精力，让学习效果大打折扣，可不能让这一个多月建立起来的学习状态与习惯功亏一篑。

在学习的道路上，养成一个好的学习习惯，进入一种"正反馈"的学习状态，是非常不容易的。

一旦进入，就一定不能让自己松懈下来。因为一旦开始松懈，各种诱惑、外界阻力，就会让我们偏离行进中的轨道。

第八章

我突然得到专业指导

那一瞬间，我不知道该如何感谢他。在那么多提问的人里，他偏偏选择了与我单独交流，也许是因为我是全场唯一有勇气提问的差生？也或许他曾经也有过同样的经历？我不得而知。

39　每个人都能上清北

2018年11月17日　　周六　　晴

周末这两天，学校举办"清北学霸学习方法分享会"，分享者是有料先生。

虽然我们学校有苏宇哲这样的学霸，但毕竟苏宇哲也没有给我们开过分享会，这样的机会对于我们这样的县级高中来说，少之又少，非常难得。

这次来分享的有料先生，曾花了两年多的时间，深度采访了上百位清北的学霸，甚至和有些学霸朝夕相处。

随着他采访的清北学霸越来越多，他发现这些学霸虽然学习方法千差万别，但是本质上都是走的"精准输入，深度消化，高分输出"这三步。只要严格按照这三步来走，就能够考出好成绩，甚至考上清北。

这一点令我非常惊讶，没想到所有清北学霸的学习方法本质上是一致的。

听到这里的时候我就预感，这场分享会对我的学习会有很大的帮助。

有料先生首先问了大家一个问题：从小寒窗苦读到现在高三，一共十二年，有专门学习过"如何学习"吗？如果有，请举手。

我看了一下全场，举手的同学寥寥无几，全场不超过十个人。看来，第一个问题就把大家问住了。正如他所说，一件事做了十二年，而且这件事决定着我们的命运，结果我们却没有学习过如何做这件事，这真是一个令人遗憾的事实。

但有一点他说到了我的心里：学习是有方法的，那些能够掌握科学的学习方法的人，学起来就会更轻松、更容易，当然学习成绩也就会更好。

之前我就是因为学习方法不对，加上爱玩游戏，成绩才一直不好。

接着，他具体讲解了为什么是这三步，也精细地讲了应该怎么做，才能花最少的时间拿到高分。他对高考本质的讲解，颠覆了我的认知。

"高考是一场有边界的竞争，它不是比谁会的多，而是比谁不会的少。"高考的内容是有严格的范围和考法限定的，而这些，在考纲、课标里都写得清清楚楚。我们要做的就是把这个边界范围内，要求我们懂的内容一个个搞懂。在这个范围内，谁不会的最少，谁的分数就最高。而相反，超出边界的内容，你懂得再多，对你在高考中拿下更多的分数也没有直接的帮助。所以，为了在高考中拿到高分，做到"考什么学什么，不做无用功"，才是高效的学习方式。

那一刻，我忽然意识到，学习其实也是一件比拼认知的事。这和互联网上一句很流行的话——"人永远没有办法赚到自己认知之外的钱"是一个道理，用在学习上也对，那就是"你永远没有办法拿到你认知之外的分数"。

40 第一次燃起上清北的想法

2018年11月18日　　周日　　晴

今天是有料先生的"互动场"答疑分享。一开场,有料先生就提出了一个我很关心的问题。

他采访的100位考上清北的学霸中,绝顶聪明的只有大约5%,更多的是智商和我们差不多的普通人,那他们为什么能超越自己,考上清北呢?

有料先生把问题抛给大家。

台下有人说"聪明",有人说"努力"。

说"努力"的人里,除了学生,还有老师。

有料先生解释道:"方法不对,努力白费!科学方法,严格执行,最终使他们成为高考中的胜利者。要知道,这些学生能上清北,最关键的不是他们聪明,也不是他们努力,而是他们在科学的学习方法的基础上付出努力,最终才拿到了最佳结果。其实,任何一个学生,只要用对学习方法,还愿意付出努力,一样能上清北,就算没有考上清北,也能考上一所理想的大学。"

有料先生这样的解释,迎来的却是大多数同学的嘘声。

这个观点,再次颠覆了我的认知。

苏宇哲成绩那么好,平时也没见他多么努力,不就是因为他聪明吗？而我最近成绩提高，不就是因为我真的在努力学习吗？这似乎与有料先生的观点相悖。

不过，我转念一想，如果智商没有那么重要，也不需要超级拼命地努力，只要方法对了，也付出了一定的努力，就能成绩好，那说明我还很有机会啊。

接下来就是大家提问互动的时间。除了好学生，没有什么人提出疑问。我犹豫再三，还是举起了手。

当话筒递到我手上的瞬间，马妮然带头起哄，现场嘘声一片。

我忐忑地定了定神，提出了问题："按照您总结出来的这套方法，差生也可能上清北吗？"

我连话都还没说完，马妮然便尖声打断："400分也配上清北？真是痴心妄想啊！"

她的声音不大，即便是在嘘声一片的会场，依然显得如此清晰而刺耳。那一瞬间，我面红耳赤，真恨不得逃离会场。

然而，有料先生坚定且不迟疑的回答，让我抓住了救命稻草——只要学习方法对，也愿意付出努力，任何同学都可以。

那一瞬间，我觉得他就是台上一个正闪闪发光的神！会场内瞬间安静下来。

他问我："你是不是真的很想上清北？"

这是我敢想的吗？我之前从来没有想过要上清北，毕竟这是我这种学渣难以企及的。但是不知道为什么，那一刻，我居然毫不犹豫地说："是的，我非常想。"

没想到，他居然让我明天中午到校长办公室找他。接着，他慷慨激昂地说道："每个人的潜能都是无限的，你能成为谁，完全取决于你自己。没有谁能定义你，除了你自己！"

41 你必须知道的高考考题组成

2018年11月19日　　周一　　晴

今天中午，我带着整理好的最近两次月考的试卷和成绩单，来到校长办公室找有料先生。

校长不在办公室，只有有料先生在。不过，这也正好，因为像我这种学渣要考清北，如果校长在旁边听着，肯定会觉得我有些疯狂。

有料先生快速浏览了我的成绩单，先给我讲了高考分数的构成，因为他还要赶飞机回北京。我担心记不住，就打开了手机录音，并拿出笔记本，准备随时做好记录。

高考题目有一个80%、15%、5%的分配比例。80%的题目是基础题，基本上来源于课本，是对课本上知识点的考查，有些甚至就是课本上的例题或者课后习题稍微变一下，没有什么难度。只要把教材上的东西完全搞懂、搞透了，就能拿到80%的分数。

每年高考的题目，难易程度会有一些波动。难的，大家都会觉得难，简单的，大家也都会觉得简单，不会有针对性。如果按照单科满分150分来计算的话，80%也就是每科能拿到120分，总分就是 600 分。这里面，因为语文有一些特殊性，得分率没有那么高，物理也有一些特别之处，学习方法会稍有些不同，这两科仅仅是学透课本还拿不到这么多分。所以，整体来看，把课本吃透，就算拿不到 600 分，也会在 550~600 分之间，这一分数段意味着可以报考到较好的 211 和普通的 985 学校。

虽然我之前在网上也看到过类似的观点，但是没有如此清晰地具体到比例。

接着就是 15%。这 15% 是指拉分题，难度会比基础题大，但也不是说难到完全搞不定，想要报考顶尖的 985 高校，就必须要努力拿下这 15% 的分。通常，这类题目不是简单地对课本上某一个知识点进行考查，而是考查对好多个知识点的综合运用，会更复杂。所以，这类题目仅仅只把课本上的知识点搞懂、搞透是不能做出来的，需要进行专门的练习，包括总结出题思路、解题方法等。

以高中最难的两个科目数学和物理为例。物理和数学难的点不同，数学难在深度。一道题虽然没有考那么多的知识点，但是对考的知识点挖得很深，需要对知识的理解和运用都特别透彻。物理是难在综合，一道题中会涉及多个板块的知识点，但对每一个知识点的考查并没有那么深入，需要弄清楚不同知识点之间的综合运用，所以，懂了每个知识点还不行，还需要懂不同知识点之间的综合运用。

我似乎明白了为什么我对物理题总感觉无从下手，而数学虽然难，但我还是能做出一些来，原来，问题就出在这里。

物理这个科目基本上没有简单题，都是综合题。物理成绩好的同学，只要搞懂搞透了，基本上会是满分。

苏宇哲的理综，基本上都是满分，他肯定属于物理学通了的人。

而剩余的 5% 就是压轴题，这是控制是否得满分的，相当于这些题是专门给考清北的同学设计的。如果要考这两个学校，这些压轴题就得能做出来。

这个 80%、15%、5% 就是高考的考题结构，也是高考提分的基础。按照这个结构来提分，就会事半功倍。

因为时间有限，我和有料先生交换了联系方式后，他就急匆匆地离开了学校。

那一瞬间，我不知道该如何感谢他。在那么多提问的人里，他偏偏选择了与我单独交流，也许是因为我是全场唯一有勇气提问的差生？也或许他曾经有过同样的经历？我不得而知。

42　普通学生逆袭高考的学习计划

2018年11月20日　　周二　　晴

今天一天，除了上课，我都在总结和思考最近的学习方法和学习进度。

我目前的总分数刚上 400 分，而且没有任何一科达到 120 分。很明显，我接下来学习的核心任务，就是吃透教材。

在吃透教材这件事上，我计划按照如下几点来：

第一，一段时间专做一件事，一个科目一个科目地来。几个科目同时学，会让我精力不集中。我真正要做的，是在短时间内加大火力，一段时间集中攻克一个科目，这样速度更快，效果更好。如果几个科目同时用力，反而会出现任何一个科目都不能真正突破的情况。对于我目前的情况，可以先攻数学，因为我的数学成绩还不错，而且正在进步中。另外，数学内容比较多，需要的时间也比较长，必须快速拉起来，不然到后面会来不及。其他科目相对来说，学习的内容要少很多。

第二，分两个阶段来。如果这个科目成绩还没有达到及格线，那就直接从高一的教材开始学，遇到懂的就跳过，相当于全部进行整理学习。如果这个科目的成绩已经达到了及格线，那就根据每次考试的试卷，或者教材的目录，看看哪些地方还不懂，按照查漏补缺的方式进行学习。

第三，颗粒归仓，别心存侥幸。教材上的每个地方，哪怕缝隙里面的小字，也不能放过，必须全部搞懂、搞透，不能有任何遗漏，也不能心存侥幸，认为哪个知识不重要，考的可能性小就放弃不学。

在整个学习过程中，我还要特别注意，就是一定要完全"搞懂、搞透"，不能自己欺骗自己。

到底怎样才算"搞懂搞透"？我对自己的要求是：看自己是否能自主地利用知识，在没有任何外界帮助的情况下，把知识点对应的题目都做出来。上课听老师讲课听明白了，但是自己做题又不会，这就是"假懂"，因为还不能真正地自己利用知识进行解题。

对于"吃透教材"这个眼下最重要的问题，我计划从三个层次来检验自己。第一个层次就是翻看教材的目录，看自己能否很清晰地讲出每个部分对应的每一个知识点，而且能做到别人都能听懂，自己讲的时候没有任何困难，这说明在知识层面自己已经完全理解了；第二个层次就是课本上的每道题，不管是例题还是练习题，都能自己做出来，这说明已经能真正运用知识了；第三个层次，就是合上书本，自己能在脑中回想出教材上的全部内容，从整个结构到具体的每个章节，再细到每个知识点，而且还要能在本子上写出来，不能出错。

要同时做到这三点，这是我给自己定的要求。

第九章

我开始用专业方法提分

拿到了语文和英语的学习方法，我忽然发现，这两个文科的科目，我一下子全通了，知道具体该怎么做了。因此，我越来越觉得，学习方法太重要了，高考绝对是一场"方法大战"。

43 语文的提分方法

2018年11月23日　　　周五　　　晴

现在，我已经越来越意识到学习方法的重要性。学习有通用的方法，但是应用到每个科目上，在不同成绩阶段，也会有一定的特殊性。我需要找到每个科目的最佳学习方法，这样才能保证我的成绩高效提升。

目前，关于数学和物理，我已经知道了该怎么学习，但是语文和英语我还没有特别精确的方法，得去求助老师。

昨天语文早自习，我让班主任张老师给我具体讲了一下语文到底该怎么学习和提分，特别是如何提分。

因为我的成绩在提高，而且我很努力地在学习，所以我和张老师的关系现在已经很融洽了。听到我的问题，张老师决定，干脆今天语文早自习时，专门给全班同学讲一次，语文该怎么学，怎么快速提分。正好也有其他同学向他反映，觉得语文很玄，好像学不学，成绩都差不多，而且考多少分，有时候要靠运气。

今天早自习，张老师就很系统地给我们讲了语文的学习方法。其实，有很多内容他之前在语文课上也讲过，只是没有这么系统。我做了完整的记录，而且还整理成了一个"语文提分方法"文档，确保自己确实理解了，也方便以后可以随时拿出来看。

具体内容如下：

语文提分方法

语文的高效提分，要把握如下要点：

第一，首先要认识到"语文考试"的本质。

语文考试并不是靠感觉，更不是一门玄学。语文是一个可以通过模块化学习，快速提分的科目。语文虽然看起来好像浩瀚无边，但是按照"考什么学什么，不做无用功"的倒推思维，就会发现，从语文考试的题目来看，分为语言基础知识、现代文阅读、文言文阅读和写作这四大板块。虽然每次考试出题的素材和考的题目都有变化，但是考查方向没有变，我们只需要按照这四个板块去学习和练习，提分就会非常快。

第二，用专题强攻的方式进行每个板块的学习。

每个板块，需要按照专题强攻的方式进行学习。专题强攻，还是"一段时间专做一件事"的原则，一段时间专攻一个板块，具体专攻时，有两个层次，以失分点重灾区文言文来举例说明。

知识积累层次，把水平真的提上去：先把文言文的重点知识学明白，要精读吃透这个板块的重点，比如文言文中的高频词、关键句型、核心篇章等。

答题技巧层次，把题目真的做出来：语文的主观题很多，能得多少分，不是由你学得怎么样决定的，而是由在考卷上写出来的答案决定的。所以，我们需要做的就是，让自己写的答案无限接近标准答案。具体该怎么做呢？

还是以文言文举例。我们集中一段时间，专门刷文言文阅读，研究高考真题，就会发现出题规律。除此之外，还能基于参考答案总结出文言文常考题型的答题模板。这里我们可以用上"参考答案学习法"，也就是根据参考答案，一遍一遍地把答案写到和参考答案一致。这中间需要注意三个关键点，就是"答案结构、得分关键词、学科术语"。

我们用一个例子来进行说明：

"这首诗歌表达了作者怎样的思想情感"（5分）。这是一道常考题，标准答案的模板如下：

作者通过对 ×× 的表述（1分）【复述诗歌中的关键内容】

表达了 ×× 的思想（2分）【准确写出表达了什么样的思想，得分关键词对了，就能拿到这2分】

抒发了 ×× 的情感（2分）【同样需要写出抒发了什么样的情感，得分关键词对了，这2分也能拿到】

我们需要按照这样的答案结构来写，才能拿到5分的满分。如果不按照这样的结构，即使意思都对了，可能也拿不到满分。

第三，以大量的阅读作为基础。

看书很多的学生，语文成绩普遍不会太差，因为有大量的阅读作为基础，语文水平在阅读的过程中，自然而然就提高了。这个部分其实应该从小做起，尽量不要留到高三。

基于以上三点，具体该怎么做呢？我做了具体的分析：

首先，目前我的语文能考90多分，说明也没有那么差，我也有一定的阅读基础，以前看的闲书还是起了些作用的。所以，我重点做好第二点就行。如果有时间，我可以多多阅读一些书。实在没有时间，还是要照顾到其他科目的提分学习，不能一味去阅读其他书籍。因为语文提分的上限基本上也就是 120 多分了。很多考上清北的学生，语文也都是 120 多分，低于 120 分就比较难上清北了。但达到 130 分的也很少，因为到这个分数，提分就很难了。要考上清北，语文稳定在 125 分左右就可以了。

44　英语的提分方法

2018年11月26日　　周一　　晴

张老师系统地给大家讲解语文学习方法这件事，得到了同学们的一致认可，大家反映很有效。于是，我趁热打铁，继续找张老师，希望张老师出面，让英语老师刘老师也给同学们系统地讲讲英语应该怎么学，怎么提分会更快。

张老师答应了。今天英语早自习，英语老师刘老师专门给我们讲了英语的提分方法。刘老师开场就告诉我们，学习应该主动，让大家把劲头拿出来。学习上如果有任何问题，每天早自习，或者白天的英语课，都可以随时找她提问。

对于我主动要求她给大家系统讲英语学习方法这件事，英语老师特意表扬了我，还说很多高三老师也都注意到了我近期的努力，夸我的成绩提升得特别快。

我没有想到英语老师不仅专门表扬了我，还会为上一次的"社死"事件私底下向我道歉。看来，只要努力，大家都会改变对你的看法。

英语老师讲的英语提分方法，我也都记录了下来，而且也整理成了一个清晰的文档。具体内容如下：

英语提分方法

刘老师大学本科是英语专业，但是她只用了四个月的时间真正认真学了英语，后面的英语专业六级和八级，都是裸考通过的。

她认为，英语是一个可以在短时间内快速提分的科目。英语提分其实很简单，只需要做好四件事即可。

第一件事：背单词，核心是背高频词。

英语考试，对于低于120分的同学，背单词是提分非常快的方法。仔细想想，卷子上每一个单词你都认识，那很多题目是不是就都能做出来了？

所以，第一件事就是打通单词关。

但是背单词也是有方法的。高考要求掌握的几千个单词，不用一开始就全部背下来。这几千个单词里，有高频词，就是那些总是出现在高考试卷中的词语，自然要先背下来，一共也就几百个。高频词的清单，刘老师之前给我们发过。

具体到背每个单词，也是有方法的。高考要求我们写单词的地方很少，基本上就是写作文。所以，对于绝大多数的英语题目，能认识里面的单词更重要。我们在背单词的时候，可以盖住中文的意思，一个单词一个单词地看，去想它的中文意思。如果想不起来，就做个标记，一遍遍地重复，最好是随身带个小单词本，随时随地拿出来看（这个方法我已经在使用了），不占用大块时间，不知不觉中，单词就都搞定了。

第二件事：系统学习英语语法。

为什么单词都认识，但是连成句子就不认识了？这里面的关键就是语法没有学明白。把词语连成句子靠什么？靠语法。所以，我们必须认真学习语法，而且要真正学懂，不然英语句子关过不去。

千万别觉得英语语法太多，怎么都学不明白，背了这个忘记了那个。

英语语法有一个底层逻辑，那就是"一个句子中有且仅有一个动词作谓语"，把握住这一点后，英语语法就学懂80%了，因为绝大多数英语语法都是为了满足这个规则。

具体到学习语法上，也没有那么多要学的东西，核心就是把"词性、基本句型、句子成分、时态、语态、从句、非谓语动词"这几大语法搞懂，英语语法基本就通了。

关于这些系统的大语法，刘老师说，之后她会利用一周的时间，在英语课上给我们系统讲完，一天学习一个系统大语法，刚好一周七天就能学完。

第三件事：英语精读，长难句专题学习。

这个部分是为了攻破篇章关，除了整体提高，还需要特别注意长难句。

需要找些高质量的文章来进行英语精读学习，要做到每一个段落、每一个句子、每一个词组、每一个单词，都彻底了解，搞得清清楚楚、明明白白。

具体精读什么文章呢？我们可以选择高考真题文章，还有高中英语教材中的文章。选文的标准就是看过去大概能看懂70%到80%。如果觉得比较难把握，那么就找英语教材中每个年级最难的四篇，来一轮一轮地进行学习。相当于每一轮就是一个周期，一个年级一个年级地搞定，步步为营，让自己的水平一步步提高。

虽然精读有专业的方法，但是对于即将高考的学生来说，核心是把握两点：

第一点，精读的时候，遇到的每一个生词，都必须用英语大词典查。查到后，不要只看这个生词，而是要在词典上把这个词的各个词性都看了。因为英语词性的学习是英语学习的一个重点，我们中文的学习没有这个问题，所以很容易在英语学习的时候忽略这一点。但是它又非常重要，而且是高考必考的，必须搞定。通过这样的方式学习单词，一下子就能记住一串单词，这对于词汇量的积累是非常重要的。

第二点，在精读文章的时候，要特别关注长难句。英语达到120分以后，基本功已经差不多了，再往上，核心就是要把那些单词很多、句子结构复杂的句子看明白。高考的时候，在阅读理解、完形填空的文章中，多数句子都能看懂，但那些长的句子容易看不懂，这会影响对整篇文章的理解，而且很多时候题目就在这些长难句里面，如果看不懂，就会失分。

长难句的学习，核心就是拆解句子结构。方法很简单，首先找句子主干，然后把各个修饰部分和主干中的不同部分进行匹配，最后再整体理解，这样再长的句子也都能看懂了。看懂以后，可以把翻译出来的中文句子再翻译回英文，直到写出的英文和英文原句一样。经过这样的练习，写长难句就不在话下了。英语作文中来几句，分数立马就上去了。

第四件事：各题型专题刷题。

这个专题刷题的方法，在很多科目中都有应用，本质上，这是考试技巧的范畴。一段时间集中刷一种题型，比如一个星期刷阅读理解，一个星期刷完形填空。经过专题刷题，就能总结出各题型的出题规律以及对应的解题技巧，这样就能把这个题型彻底拿下。

拿到了语文和英语的学习方法，我忽然发现，这两个文科的科目，我一下子全通了，知道具体该怎么做。因此，我越来越觉得，学习方法太重要了，高考绝对是一场"方法大战"。

45　方法对了，学习其实很享受

2018年11月28日　　周三　　晴

自从有了科学的学习方法，我的学习开始进入另外一种状态。与之前的吃力费劲相比，现在学习起来，简直就是一种享受。

这两天，即使每天从早上7点学到晚上12点，学习时长超过16

个小时，但是我并没有觉得多辛苦，身体上也没有觉得有多累。而且，学习效率肉眼可见地在提高，结果也在变好。

因为没有熬夜学习，我的精神状态反而更好了。

我现在有三重学习任务，学习任务比上个月更重了：一是跟好学校正常的教学安排；二是集中啃高中数学教材；三是啃其他科目教材。当然，第三项任务是在保证数学学习时间足够的情况下进行的。

学得更从容，我心里也更踏实了。

在学习的时候，心定下来是很重要的，没有那么多内耗，我们才能把所有时间和精力都用在学习上。我现在不像以前那样，一边学，一边怀疑自己的方法行不行，还焦虑这么学会不会有结果，也不用每天都去计划今天学什么、要做哪些事情。现在，我就是按部就班地啃教材。每天啃多少，都是根据提前订好的计划来的，完成了就该吃饭吃饭，该睡觉睡觉，心里很踏实，没有焦虑，没有患得患失。

另外，我能真正做到不在意别人的评价，只在意自己的努力了。

自从上次我当众提问，说了我也想上清北，我就成了大家的笑话，走在校园里，总有同学在背后对我指指点点。昨天在食堂吃饭时，就有一个不认识的男生突然走到我面前，嘲讽我：原来想上清北的差生长这样啊！

一开始听到这些话语的时候，我心里还是会难受，那些不被人认可的嘲讽，就像一块石头一样压在心口，让我有些喘不上气。

但很快，我就调整了情绪，无奈地笑了笑，接着吃饭，没理他。对于这样的情况，我已经能做到控制住自己不生气了。

46 数学提分进入快车道

2018年12月2日　　周日　　晴

　　进入高三以后，基本上没有放松的时间了。周日半天的假期，很多同学也都安排得满满的，还有同学甚至安排了校外辅导，似乎每个人都在拼尽全力。当然，也有人依旧在混日子。

　　大志和小林喊我今晚一起去看正火的喜剧电影《无名之辈》，说我每天这么一直学习，需要放松一下。我拒绝了，毕竟我之前落下的课太多了。其实，这部电影我是很想去看的，因为我特别喜欢这部电影的名字"无名之辈"。我曾在网上看到过这样一段关于这部电影的评论：

　　《无名之辈》要表达的主题是尊严。在电影当中，每个人都想尽办法寻求着属于自己的尊严，同时，每个人都是无名之辈。但即便只是无名之辈，也能够去实现自己的价值。无名之辈，指的是电影当中的小人物。在电影中，每个小人物都在努力地生活，努力地寻找着属于自己的尊严，而这就是电影想要表达的一个终极含义。

　　这段评论很符合我现在的状态，也很符合我现在的心境。我就是一个彻头彻尾的无名之辈，因为成绩差，被一些同学嘲弄。为了尊严，我开始努力学习，希望能以此证明自己，希望有一天能实现自己的价值，这就是现在的我。活在这个世界上的大多数人，不都是无名之辈吗？只是有一些人选择了接受，而有一些人选择了奋斗。不同的选择，决定了不同的人生。

这段时间，我在集中攻克数学。上一次月考成绩是 75 分，没有达到及格线 90 分。我决定从头开始，把高中所有的数学教材一点一点地重新学一遍，查漏补缺。

我找出了高一的数学教材，从第一章开始学习。我们学校给高三安排了许多自习课，就是为了让学生根据自己的学习情况来自行安排，毕竟每个学生的成绩和具体情况是不一样的，在自习课上就可以自行调整。

以前，我的自习课都是在拼命完成当天的学习任务，现在，这些自习课全部成了我攻克数学的时间。每天的两节自习课，再加上课间、中午和晚饭这几个相对较长的时间段，我的数学学习时间至少是原来的 4 倍。

这样开始学习之后，我的学习进度和学习效率都提高了很多。不到两周时间，我已经完成了高一整本教材的学习，又开始了高二数学教材的学习。我花了一周的时间学完了高一第一个学期的数学教材，第二个学期的数学教材，我却没用到一周，速度很明显在加快。

就目前的进展来看，这种学习方法确实很有效果。一方面，时间增加后，能直接加快进度，另一方面，当集中精力专注于攻克一个科目的时候，进步是飞快的。我每天所有可以利用的时间都在学数学，就连去食堂吃饭的路上，也在想数学的某个知识点或是某道题。我能明显感觉到，我对数学有那种"通了"的感觉，能很自然地把不同的知识点连到一起，使之成为体系，而不是原来的一盘散沙。把一个一个的知识点串成一个体系，这是极大的飞跃。现在我一看到数学题，就能马上反应过来，这道题考查的是什么知识点，具体应该怎么做，有些知识点甚至已经形成了条件反射。这些都是集中学习，一段时间就只学一个科目带来的成果。

在啃教材的学习过程中，我没有遇到太多困难。我发现教材上的内容，确实不太难，只要稍微认真一些，真正静下心来，一点一点地去学，哪怕成绩再差都可以搞定。

我大概算了一下，应该还有三个星期，我就能搞定高中数学教材，接下来就是物理、化学和生物。这三个科目，应该会花掉一个多月的时间。如果一切顺利，这个学期我就能完成所有理科科目的攻坚。

对于语文和英语这两个文科科目，我就不想花太多精力了，暂时就好好利用课堂上的时间，认真听讲，那这个学期的成绩肯定还会有提升，毕竟我有了专业的方法。等到放寒假的时候，我再把核心精力花到这两个科目上来。

这样安排着自己的学习时间，我感觉名校离我越来越近了。虽然我口头上说了想考清北，但我没有底气觉得自己可以做到，因为我知道这非常难。当时就是一时激动，毕竟，谁没幻想过呢？

47　考场科学抢分的关键

2018年12月3日　　周一　　晴

明天又是月考。这段时间，我一直在拼命啃教材，学基本知识点，并没有为考试做特别准备。但考试得多少分，不是你学得怎么样决定的，而是写在卷子上的答案决定的。学完，能不能发挥出来，这一点非常重要。

我决定利用今天，专门突击训练一些重要的考试抢分技巧。

对于考试抢分，训练自己具备"出题人思维"这一点非常重要，因为这种思维可以让自己在任何一场考试中抢到分，能让自己的分数最大化。

"出题人思维"，本质上是一种换位思考的能力，也就是在面对自己不会的题目时，把自己假想成出题人，来思考这道题到底是在考什么。通常经过这样的思考后，很多做不出来的题目很快就能找到突破口或者关键点，从而轻松地做出来。

这个方法主要应对两种情况，第一种就是有些题目不知道如何下手，尤其是那种材料很长的题目，或者题型很新颖的；第二种就是选择题，很容易判断两个答案是不对的，但是另外两个答案感觉都对，无法抉择的情况。

对于高考这种重大考试，出题都是非常规范的。每道出现在考卷上的题目，都经过了层层审核把关，既要符合考试要求，也要达到考试目的。每一道题，一定是在考某个或者某几个知识点，抑或是学生的某种或某几种能力。有些题目，你可能一看就会做，这种就没关系，但如果有些题一时之间不知道如何下手，也就是遇到了上面说的那两种情况，就需要启用"出题人思维"了。

在遇到这两种情况时，先别着急这道题要怎么做，而是先去分析，出题老师在出这道题时，到底想考什么。思考清楚了，你就会发现，那些长长的材料，或者新颖的形式，都是纸老虎，一旦把它们的外衣扒掉，就是一道很简单的题目。对于两个答案到底选哪个的选择题，用这样的思考方式，就会发现其中某一个答案虽然说法是对的，但是和这道题考的知识点对不上，而另外一个才是能对上的。这也就是为什么有时候文科的选择题老师会说某个答案也可以，但是另一个答案更合适，本质上就是这个道理。

今天晚上，我专门找了几道题目，进行"出题人思维"练习，结果，效果明显。以后我得在平时做题的时候就养成这个习惯，那就是不管任何题目，哪怕是自己会做的题，也要停下来问自己：这道题究竟想考什么，而不是做完就完了。

明天的月考，我就把这个方法用起来。这样想着，我更期待明天的考试了。

傍晚的时候，"翱翔宇宙"给我发来了微信。自从他开始主动找我聊天后，每次发的都是同样的话，问我最近怎么样。我和他讲了我最近因为有了对的学习方法，学习上很有突破。

因为感觉到自己最近进步很明显，我心情很不错，所以就和他多聊了一些。

因为之前和他聊天时，我和他说了找苏宇哲问学习问题，却被老师禁止的事，他问我有没有再去找班里的那个学霸问学习问题。我告诉他基本没有，一是我有了适合自己的学习方法，最近学习效果不错；二是不想惹老师不高兴，给自己找麻烦，而且班里有一个喜欢他的女生，老是找我的茬，一旦知道我"死性不改"，她肯定会抓住这个小题大做。

当我说完这些，对话框上连"对方正在输入"都没有了，突然的安静，让我一下子有了一种落寞的感觉，说不出来，很奇怪。

48 吃透教材，提分太快了

2018年12月6日　　周四　　晴

两天的月考很快就结束了，今天还是晚自习的时候出分。因为很久没有跟大志、小林吃饭了，下午放学后，我约上他俩一起去改善伙食，直奔我们的最爱"麻辣香锅"。

一坐下来，他俩就抱怨我天天只顾着学习，都不参加集体活动了。小林更是直言，我这是鸿门宴。我笑了笑，没接话，转头去拿了两瓶汽水，默默地给大志拿了一瓶无糖的——实在不想让他再长胖了，再长胖接下来的计划可能就无法执行了。

大志接过无糖可乐，试探性地问我，搞得这么正式，是不是又要劝说他俩学习？看得出来，他有些犹豫，欲言又止。

我其实是在试探他俩的反应。因为我接下来的计划，如果要想执行成功，难度不小。

麻辣香锅真的是我们的最爱，吃起来简直就是风卷残云，不到半小时餐盘就见底了。不是它有多好吃，而是和重要的朋友在一起，吃什么真不重要。我放下筷子，还是跟他俩认真讲了一下我近期的学习成果。我和他们说："学习其实挺简单的，你们别看我现在每天都在学习，但我并没有比班上的其他同学更努力。我现在每天下了晚自习就睡觉，没有再熬夜学了。这强度，可比我们备战游戏大赛那会儿轻松多了。"

大志提出了他的疑问，他知道我上次月考成绩下降了，所以对"只要好好学习就一定会有结果"这一观点，他持怀疑态度。

他的担忧是有依据的，毕竟这次月考成绩还没有出来。

趁着这个机会，我提出了我对这次月考成绩的预估：成绩能超过 500 分，进入班上前 25 名。

他俩瞪大了眼睛，小林更是跳了起来，不敢置信地跟我打赌：如果我真的上了 500 分，他就开始跟我学习；但如果没上，我就再也不要跟他们提学习的事。

真没想到，大志和小林果然跳进了我的"圈套"里。我没想到小林要和我打赌，本来我还在犹豫要怎么说，才能达到我的目的。

有了这个赌，大志很激动，催我们赶紧吃完，然后回去看成绩。

我们回到教室后，成绩已经贴出来了，大家都在围着看。

果然，第二张的第三个名字就是我，总分 508，班级排名第 23

名，单科分数语文 105 分，数学 108 分，英语 99 分，理综 196 分，比起上次的 409 分，提高了 99 分。

即使是以上上次月考的 423 分为基准，也提高了 85 分，确实能算一个非常了不起的成绩了。

第十章

我开始带大家一起提分

人生的旅途中，我们不能没有快乐，不能没有感动，不能没有激情。我知道，这将会是我们前行路上最强大的能量来源。

49　提分永远没有太晚的开始

2018年12月8日　　周六　　晴

今天放月假，上完早自习后，大家就各自回家了。

大志和小林来到出租屋，我正式和他们谈了学习的事情。这件事我想很久了，现在是时候了。我作为"旋风联盟"的组长，被大志和小林叫了几年"大姐"，我必须对他们负起责任，兑现对他们的承诺，带着他们一起闯出一片未来。

动之以情，晓之以理。我告诉大志和小林，以前我是想带着大家靠打游戏出人头地，现在这条路走不通了，但是我的责任仍然要履行。我们可以换个方式，也就是走"考大学"这条路。我们一起努力学习，这也是一条出人头地的路。

小林对我的提议显得格外积极。他一改往日的颓废，因为他喜欢一个文科班的女生，女生觉得他人不错，但就是成绩实在太差了。我能感觉到，小林被伤得很深。所以，他现在很有动力去学习，一是他想逼迫自己从这段青春期的单恋中走出来，二是他想证明给那个女孩看，自己也能把学习搞好。

大志对我的提议也表现出了一丝兴趣，虽然没有那么明显。最近，大志家里的生意因为一些不可抗力的原因，亏了一大笔钱，元气大伤，而他妈妈受了这场变故的刺激，也突然病倒了。现在，大志的家庭情况远不如从前了。面对倒下的母亲,大志像变了个人,每天郁郁寡欢的。或许是这个打击,让大志想振作起来,现在他上课也不睡觉了,都是很认真地在做笔记。

虽然他们各自都有学习的动力,但还是有些犹豫。小林觉得自己的基础太差,现在距离高考没几个月了,要重新开始有些太晚了。大志也附和道,有好成绩,才能考一个好大学,但他担心白费力气。

大志和小林的担忧,其实我可以理解,因为我也曾是这么想的。但经历了这两个月,我发现学习永远没有太晚的说法,哪怕高考前临时抱佛脚,也能多考几分,更何况现在还剩好几个月。

我开始现身说法,给他们梳理了我这两个月的成绩,之前 300 多分,现在 500 多分,两个多月,提高了快 200 分。现在这个成绩可以上本科了,再稍微多几分,都能上一本了。

对于我成绩的提升,他们是给予肯定的,同时,我也肯定了他们俩最近的成绩。虽然他们没有很系统、很认真地学习,但是他们的分数也都超过了 350 分,看得出是学进去了一些的。

说到这儿,小林忍不住笑出声。他觉得他俩能上本科,说出来自己都不相信。

见气氛轻松了一些,我也进入正题,表示要把我这两个多月提了快 200 分的科学方法用到他们身上来,让他们也快速提分。

大志似乎有所松动,马上接话坚定地表态。小林在一旁拿大志开涮,吐槽之前打游戏时,回回给他擦屁股,现在大志要考本科,他就要考一本。他更是刺激我说,不要像打游戏比赛一样,说好的进全国前三,结果连全国决赛都没有进。

话音刚落，我和小林都笑得差点背过气去。大志的脸上也露出了久违的笑容，虽然很短暂，却是那般真切。

我的确不能再让他们失望了，这次，我必须带着他们一起走向成功。

于是，我们的"旋风联盟"变成了"旋风学习小组"。对于具体怎么学，我早有准备，还制订了一个大计划，但是需要得到他们父母的同意和支持。所以，我也把他们请来，一起为我们加油打气。

我这个计划非常大胆，对于不太懂考试提分逻辑的人来说，简直就是离谱。但是我懂考试提分逻辑，而且亲身实践过，我知道这一定是"差生"在最短时间内最快提分的方法。再者说，对于大志和小林来说，要想真的考上一本，只能这样做，因为我们剩下的时间太有限了。

下午的时候，一开始只有大志和他爸爸到了出租屋，小林的妈妈迟迟没有来，好在左等右等，最终还是把她等来了。

坐在餐桌前，我详细地说了我的计划，那就是我们不跟着学校的进度学习，而是自学，这表明了我要带大志和小林在学习上闯出一条路的决心。

然而，小林妈妈上来就泼了一盆冷水。她不但没有理解我的一片好心，甚至直言，以小林的成绩，这样就是白折腾。她还说他是烂泥扶不上墙，不跟着学校进度去学习，他只会更加地放纵自我，整天除了打游戏还是打游戏，这注定不会取得什么成绩。那一刻，我心里可真不是滋味。

相比小林妈妈，大志爸爸倒没有说什么。虽然他们家生意上出现了一些变故，但至少表面上看不出大志爸爸有什么变化。一直以来，他们对大志的要求，仅仅是不惹事、不闯祸而已，至于学不学习，不强求，但是听到大志自己提出要好好学习的时候，他还是表示了默许，并摸了摸大志的头。

面对他们截然不同的态度，说实在的，一时间我不知道该如何说下去。但是为了能共同进步，我还是把我这两个月来的学习情况和成绩摆了出来。

有道理，也有证据，加上我们三人坚定的决心，两位家长最终也没有什么顾虑了，他们只是担心学校不同意。

50 关键时刻，父母一定要无条件支持孩子

2018年12月9日　　周日　　晴

今天，我拿着准备好的承诺书，当着大志、小林以及两位家长的面，读出了上面的内容："由于目前已经落下了学校的复习进度，出于备考需要，我们决定申请进行自主学习，不用每天到教室上课。一切后果均由我们自己来承担，与学校无关。"

读完后，我把承诺书和签字笔放在餐桌上，我的名字和我妈妈的名字已经签好了。我妈妈的签名，是我昨晚回家，专门让她签的。大志、大志爸爸、小林和他妈妈都没有犹豫，纷纷签上了自己的名字。

看着签好字的承诺书，我很是激动，甚至眼睛里都闪着泪花。

更重要的是，大志和小林都对自己的父母有了新的认识，他们重新感受到了父母的爱与支持。因为接下来的路，我们不能没有父母的支持和帮助。学习的征途上，我们不能没有老师的教导。困难面前，我们不能没有同伴的支持。人生的旅途中，我们不能没有快乐，不能没有感动，不能没有激情。我知道，这些将会是我们前行路上最强大的能量之源。

51　想要的必须自己去争取

2018年12月10日　　　周一　　　多云

第一节早自习一下课，我就拿着签好名的"自主学习承诺书"找到了班主任张老师。

见我进来，他拉过一把椅子让我坐下，还给我递来了一瓶酸奶。原来，成绩好就是好啊，还有这样的优待。

坐下后，我便说出了要带着大志还有小林一起学习，带着他们一起考本科的想法。张老师有些惊讶地笑了笑，似乎觉得我的说法很滑稽。

我递上承诺书，提出我们想在校外自己学，不跟着学校上课了，希望他能同意。

张老师接过承诺书，有些不知所措。我向张老师解释了我们的理由。作为老师，他自然能听懂。

张老师觉得我带着大志和小林学习，其实也是帮助提高班上的本科率。当然，这是以他暂且认为我们真能考上本科为前提，毕竟大志和小林他俩就算跟着班级一起上课，以他们目前的基础，也不知道最终会是什么结果。另外，他们不在班里待着，也是好事，这样也不影响班里的好苗子。

这个行为，在形式上算是与学校教育体系相对抗，得征得校长同意才行。

张老师把话都说到这个份儿上了，我也就不能再多说什么了。

因为我知道，"只要是想要的，就必须自己去争取"。

52　你只管努力，全世界都会为你让路

2018年12月11日　　周二　　晴

思前想后，我决定叫上大志和小林，一起去找校长沟通。

叶校长是一位很年轻的校长，70后，思想很先进，平时和学生走得很近。一中这几年发展得很快，一本率大增，县里很多人都说，叶校长功不可没。

校长办公室有一个会客区，里面正位置有一个长一点的沙发椅，两边各有两个单独的沙发椅。校长让我们坐在正位置的长沙发椅上，而他则坐在侧面的沙发椅上，对我们的到来，给予了意料之外的尊重。

我先介绍了一下我们三个人，当然，我刻意说了我这两次月考

的进步，然后递上我几次月考的成绩单。

叶校长对我的进步有些惊讶，我心想，看来有戏。我顺势提出了我的请求，也解释了我们这样做的理由。

叶校长一开始不同意，因为这是一个原则性问题。虽然我们想学习，理由也非常客观，但是作为学校，作为老师，面对的是整个学生群体，要考虑整体的学习进度，而不是某几个人，否则每个人都要求特殊待遇，学校就乱了套。

眼见得不到校长的同意，我的心提到了嗓子眼。但校长话锋一转，表示也不能因为教学固有的形式，就忘记了教育的最终目的，否则就本末倒置了。

同时校长也提出了一个要求：下次月考，大志和小林他们要提高100分，我要达到550分，也就是稳稳地达到一本线。只有这样他才批准我们继续，如果达不到，那我们就乖乖地回来，继续和大家一起学习。

这算是一个比较有难度的要求，我自己涨40多分还是有把握的，但是大志和小林，我不知道他们会怎样。不过，现在也管不了那么多了，先答应下来，至少我们得到了一个月的自主学习时间。

我忽然想起来一句话："一心向着自己目标前进的人，全世界都会为他让路！"

第十一章

遭遇危机，我陷入两难

这确实是一个两难选择。选自己的未来，还是选好朋友的
未来，这对于刚 18 岁的我来说，确实很难回答。

53　成绩好了，你整个人都会变

2019年1月5日　　周六　　晴

这个月的月考终于结束了，这是对我们"旋风学习小组"这个月的学习的检验。

考试结束，我和大志、小林回到出租屋吃晚饭。最近这段时间，每天都会有家长过来给我们做饭。

他们甚至做了一个排班表，有时候谁有事来不了，其他人如果有时间，就会来替一下，相当于换个班。

爸爸妈妈们这样给我们创造条件，做好后勤工作，是希望我们把所有时间和精力都投入学习，不用因为其他事而分心。毕竟我们现在学习这么辛苦，吃得健康很重要，节约时间也很重要。

上回我一生气把自己头发剪短了，现在看来真是明智之举，给我省去了洗头、吹头发的时间。之前我还挺爱打扮的，现在也不化妆了，衣服也就是那么几件换着穿，只是白T恤变成了同色的针织衫，同款的外套变成了羽绒服，反正就是怎么简单怎么来。为了抓住一切可以利用的时间，就连吃饭，我们都是草草吃完，耗时十分钟不到。

虽然生活节奏很快，但我好像爱上了这种感觉，非常享受这种拼命的冲劲。人生总要义无反顾地拼一次命，不为家人，不为朋友，只为自己的未来!

最近这一个月,我已经养成了习惯,会在晚上 12 点前睡觉,以保证第二天的精力。他俩比我更努力,几乎每天都学到晚上 12 点,有时候甚至到凌晨 1 点。

今天,当我们推开出租屋的门时,小林妈妈已经做好了饭菜,都是我们三个人爱吃的。

坐下来吃饭时,我抓紧询问了他俩,对于月考提到 450 分有没有把握。

大志说这个月理科教材都啃了差不多快一半了,应该问题不大。而且考试的时候,他自己能感觉出来,数学和理综的基础题,他基本上都会,有些还没有复习到的,多少也能做出来一些。

大志自从开始学习后,我感觉他把所有的情绪都抛到了脑后,变得爱说话了,有时候甚至还会抢小林的话。反而是小林,变得不像原来那么爱说话了。

小林有点丧气,他觉得自己的进度没有大志快,读书也没有大志厉害,理科只复习了三分之一的教材。但他坚信自己的语文和英语会比大志好,因为英语课本上的单词他全都过了一遍,还专攻了语文的文言文和作文。

经过这一个月的自学,我发现大志是典型的理科生,思维很活跃,学东西很快,理解能力也强,但不喜欢背东西;小林呢,算是理科生中的文科生,语言感觉好,背东西更强,特别是一些关键信息记得很快,但是难一点的他理解起来就会费劲一些。

这么看来,大家的状态还是不错的。他俩还担心我给他俩讲课而耽误了自己，我请他们放心，我对这次月考很有把握，目标也就是涨个40多分。再说，教学相长，我给他们讲课，也能检测我自己是不是真的搞懂了，也能让我自己理解得更透彻。

但事实上，我对这次月考的成绩是有点担忧的，不是担忧大志和小林，而是担忧我自己。我忽然有一种三人前行的路上，我好像把自己丢了的感觉，有种莫名的心慌。

54　提分太快是怎样的体验

2019年1月6日　　周日　　晴

今天，是月考出分的日子，我和大志、小林吃过晚饭，就直奔学校。我们都迫不及待地想看到自己的成绩。除了期待，我的内心比他俩更多了一份忐忑。

当我们走进教室的时候，成绩单应该是刚刚贴出来。我们三人赶紧围过去。我先看的是大志和小林的成绩，大志468分，小林435分，一个上了450分，一个没有上；我的成绩是527分，没有上550分。

这个成绩我并不意外，和我预想的差不多。我用手机拍了成绩单后，便拉着他俩离开了教室。在走廊上，小林很是兴奋，毕竟他从没想过自己能考这么多分。但大志的一盆冷水，浇出了我们将要面对的问题——我们没有达到校长提出的要求，接下来该怎么办呢？

不说他们，就连我自己都没有达到校长定的目标，差23分。说到这个，他俩开始自责，觉得是因为我给他们讲课而耽误了我自己学习的时间。其实，这并不是主要原因。我觉得，在这么短的时间里，我们三人的成绩都提高了，说明方法还是有用的。目前主要的问题就是怎么跟校长解释，并让他同意我们继续自主学习。

我和大志、小林直接去找叶校长。我们来到校长办公室，校长正在里面和人谈话。我们在门口等了一会儿，等那个人出来后，我们敲门进去了。我和校长说了我们三个人的成绩，还没等校长接话，大志就急忙表示，他这一个月提高了100多分，小林也提高了80多分，这说明我们的方法是对的。

不愧是并肩作战的队友，小林机灵地在一旁打起了边鼓，表示自己花了半个月才进入学习状态，提高了80多分，如果换算成一个月，也能达到100多分。

校长点了点头，然后看着我，对于我没有上550分表示了疑惑。脑子里一片空白的我，正想着怎么解释，大志忙把问题揽到他自己身上，说是因为我给他们两个讲题，导致我自己学习的时间减少了。

听我们说完，校长虽然有点犹豫，但最后他还是同意了让我们继续自主学习。他表示虽然没有完全实现之前定下来的目标，但是这个提分幅度还是非常大的，说明我们的方法有用。校长让我继续带好大志和小林，把他们的成绩再往上拉，当然同时也要注意自己的学习别落下。另外，校长特意嘱咐，要是有什么困难，也可以找班主任，只要我们一直保持进步，学校会尽力给我们提供最大支持。

55 自己和朋友，到底该怎么选

2019年1月13日　　　周日　　　多云

我的提分速度降了下来，核心原因确实是我学习的时间变少了，花了大量时间给大志和小林讲题目。

所以，这个月的月假，我没有回家，而是留在出租屋里学习。我希望把时间追回来一些。

昨天晚上，妈妈给我发信息，说今天早上来出租屋看我。我以为妈妈就是单纯来看看我，没想到她扔给了我一个不小的炸弹。

原来，班主任张老师已经把月考成绩告诉了妈妈。妈妈很郑重地表示，希望我不要再带着大志和小林一起学习了。虽然她理解我和他们之间的友谊，但是现在我已经无法保证自己的学习了，这样下去，我的成绩就无法提高。

这段时间，我有坚定，也有迷茫，很多时候也会感到无助和无奈，但我很感恩有他俩一直支持我。我表明了我的态度，那就是我不会改变我的决定，大志和小林刚进入提分快车道，我不能丢下他们不管。

虽然妈妈表示不会逼我，但她希望我能考虑清楚，珍惜自己好不容易提上来的成绩，不然这样下去怎么上清北？而且人生的道路上不会有人永远与我同行，更多的时候还得靠一个人单打独斗。

妈妈离开的时候，走到门口，又回头强调，希望我能马上扭转目前的这种状态，对自己的未来多加考虑。为了让妈妈放心，我嘴上答应了，心里还是迷茫，不知道该如何选择。

刚送走妈妈，我就收到了班主任张老师的一条信息，说让我到学校找他。

张老师没有做任何铺垫，开门见山直接表示：希望我放弃带着大志、小林搞学习这件事。我很惊讶张老师也会和我说这件事。

张老师道出了他的担忧，说他也是为我考虑，才想着找我聊聊。如果我保持之前的提分速度，不说考清北，退而求其次考个不错的211或者985大学，还是非常有可能的。他怕我这一耽误，考名校的可能就没了。

这是一个两难选择。选自己的未来，还是选好朋友的未来，这对于刚18岁的我来说，确实很难回答。

56　学习也是一场寻找优质资源的竞争

2019年1月15日　　周二　　晴

现在月假已经结束了，我们又继续在出租屋里学习。

大志和小林似乎是商量好了，总是有意避开我，很少再问我问题了，就为了让我安心学习。

这两天我一直在想，有没有什么办法可以解决眼下的困境。因为我有一种感觉，解决眼下的困境看起来是时间问题，但很有可能是技术问题，肯定有办法既能把我解放出来，又能让大志、小林有好的学习效果。

我突然想起来之前看到网上有很多针对高考备考的精品视频课程，每个科目都有，而且都是名师精讲。

我马上和大志、小林分享了这个解决方案。在强大的互联网帮助下，我们可以运用一切可行的方法，为我们的学习开辟新的道路。

这一刻，我才真正意识到，为什么有人说学习其实也是一场信息战，是一场寻找优质学习资源的竞争。谁能获得优质资源，谁的学习效率就会更高，谁就能更轻松、更容易且高效地提分。如果不能获得优质资源，那就会陷入低效的学习，花了比别人更多的时间，效果却不一定有别人好。

第十二章

全面逆袭的寒假

为一个梦想去拼尽全力时，其实感觉不到辛苦，只会觉得很满足。

57 大雾过后的天晴

2019年1月28日　　周一　　　晴

今天是腊月二十三，还有七天就过年了。

这里的冬天总是这样，早上的雾特别大，如果太阳能让雾散开，就是一个大晴天；如果不能让雾散开，那就一整天都是阴沉沉的。

早上起来，能见度不足 10 米，不知道今天的太阳能不能驱散这浓雾。

这样的天气，很像我这个月的状态。起初，因为自己要花很多时间和精力去给大志、小林讲题，导致我自己的学习时间少了很多，成绩进步也很缓慢。

后来，我们开始跟着网课学习，学习速度更快，也学得更好，毕竟有名师讲解。

刚开始的时候，我们进行得并不是太顺利。毕竟在我们这个小县城，没多少人接触过网课，都是跟着学校的老师上课听讲的。所以，一开始我们很不习惯，学习效率并不高。

不过，好在我们曾是打游戏的高手，适应起来很快。差不多两个星期后，我们用得顺了，效率也慢慢提高了。

但这种学习方式是不是真的有效，还有待验证，只能从这个月的考试结果来见分晓了。

就像今天早上，我不知道这浓雾能不能被驱散开，我也不知道今天出来的期末考试成绩到底会怎样。

这次期末考试，和以前每次月考都不一样，是一场规范考试。因为这次考试是由市里组织的一模考试，考试题目都是严格按照高考要求出的题，是全面考核。以前我们学校的每次月考，虽然也按照高考要求，但是在考核内容上，会照顾到复习进度，所以当月复习的内容占比会更高一些。因此，这次考试成绩，才能更加客观地反映我们目前的真实水准。

我和大志、小林早早就来到了教室，大家都在等待这次考试的结果。

在距离晚自习开始仅剩 15 分钟的时候，教务老师终于匆匆带着成绩单过来了。看到教务老师进来，大家嗖地一下就冲过去了，把年轻的教务老师挤得没办法贴成绩单了。

教务老师是一位年轻的略瘦小的女老师，被挤得没有办法，她干脆放下双手不动了，大家这才乖乖地退后两步。教务老师快速贴好成绩单，然后离开了。

我和大志、小林各自找着自己的名字。大志首先看到了自己的名字，是 439 分，第 35 名。我也看到了自己的名字，是 516 分，第21 名。小林是 417 分，第 39 名。

我又看了苏宇哲的成绩，698 分，全年级第一，班上的第 2 名是653 分，比他整整少了 45 分。马妮然是 615 分，班上第 4 名。

很快，晚自习的铃声响了，班主任拿着成绩单来到了教室。这是这次期末考试的成绩总结会，也是放假前的班会，毕竟今天晚自习结束后，我们就放寒假了。

班会开始，班主任张老师告诉我们，这次大家的成绩和上次月考相比，大都有所下降，这不是我们的成绩退步了，而是这次考试的要求完全和高考一致。这次考试，全年级的平均分比上次月考低了19.58分，我们就算20分，大家可以把自己的成绩加上20分，来和上次月考的成绩做对比，看看自己是否在进步。当然，看班上的排名和年级的排名来判断自己是否进步，也是合理的。

本来，我还想着这个月我们提分有限，看来并非如此。我们的分数本身都提高了，如果再加上20分，那么进步还是很明显的。而且，我们的名次也都进步了，毕竟这个月开始利用网课来进行学习，光是在适应上就花了一些时间，导致我们真正学习的时间也就两个星期。

就这样，带着这份成绩单，我们开始放寒假了。

58　寒假是提分的绝佳时期

2019年1月29日　　　周二　　　晴

今天是一个大晴天，没有大雾，一大早太阳就出来了，是难得的好天气。

我们的寒假从今天正式开始，从腊月二十四，一直到正月初十，两周多一点的时间。

我们三人已经做好计划，这个寒假我们要大干一场，因为这是我们全面超越的绝佳时机，毕竟不是每个同学都会在寒假期间，还像在学校那样拼命地学习。

不怕班上有学霸，就怕学霸过寒假。我和大志、小林想证明，不怕期末考试成绩差，就怕寒假努力成学霸。

今天，除了学习，我们的核心任务是制订出寒假这两周的学习计划。

现在的我对学习方法、考试已经有了很多专业的理解。我知道，每次考试结束后，一定要认真进行试卷分析，找出自己的问题，再制订出具体的学习计划。

之前我每次月考后，都没有太认真地做考后试卷分析，因为我当时的目标是快速把教材学完。

但是这次考试后，我要进行分析了，因为我已经完成了全部理科科目的啃教材任务，所以这个寒假，我的核心任务有两个：

第一，按照科学的语文和英语备考方式，完成语文和英语这两个科目的学习任务。

第二，根据期末模考试卷暴露出的问题，对所有教材中没有真正搞懂的地方，通过查漏补缺的方式，真正搞懂。我仔细看了我一模考试的试卷，发现有很多地方学得还是不太扎实，毕竟整个学习进度太快了。

大志和小林的学习开始得比我晚，他们目前的状态有点像一个月前的我，所以，他们这个寒假的学习任务相对简单，就是把正在学习的科目的所有教材全部啃完。

大志计划在这个假期完成所有理科的教材学习。他准备按照我之前的方法，先暂时放下语文和英语，专攻理科，毕竟他更擅长理科一些。

小林的情况则相反，他准备留着物理和语文先不学。物理，他是觉得太难了；语文，是因为他原本成绩还不错。

对于剩余的两个科目，我们计划在开学后再逐一进行专攻。刚好我前面已经把所有科目都学了一遍，所以可以给他们提供一些经验和建议，这样他们学的时候，可以少走一些弯路，效率应该会更高。

我们三人都根据自己的学习目标，花了一上午的时间，把具体的学习任务拆解到了寒假的每一天。

我们把各自的学习计划表打印了出来，贴在出租屋的墙上，以便大家彼此监督，保证每天的任务得以完成。

看到这张计划表，我忽然很感慨，这个寒假，肯定得脱一层皮了，不然任务肯定是完不成的。

从我们开始自主学习以来，小林的状态和进展比我和大志都差一些，他似乎对学习还没有很大的热情与动力。但有时候我想，这可能是我的错觉，毕竟我和大志实在太拼了，所以对比起来才显得小林没有那么拼。

虽然每天的学习任务很重，但我还是给自己留了两个特殊时间，以保证学习效果。

第一个：极简总结时间。

简而言之，就是每天我们三个人坐在一起，各自讲讲今天学了哪些内容，完成了哪些学习任务。最关键的是，要保证今天学习的内容自己都明白了，我们也都能听懂。这样看似浪费时间，实际上效果很好，因为能确保自己真的学懂、吃透了。而且，对于听的人来说，这也是一次加深记忆和理解的机会，毕竟大家学的知识整体上都是一样的。

这个事情安排在每天晚上10点，用1个小时完成，每人大约20分钟。

第二个：难点攻克时间。

在极简总结时间结束后，一般就会暴露出我们每个人当天没学懂的地方，而这个没学懂的地方，就是当天学习的难点。懂的人就需要再给不懂的人讲解，直到对方搞懂。如果三个人都不懂，那很好，这就是大家共同的难点，那就一起想办法，不管是继续看教材，还是继续看网课，或者上网查资料，反正就是必须搞懂，不管多晚，必须搞懂了才能睡觉。

这个难点攻克的目的，就是保证当日事当日毕，不然今天留点漏洞，明天留点漏洞，盲点就会越积越多，无法保证学习效果。

虽然学习很紧张，但我们在整个寒假学习计划中，还是把大年三十和正月初一这两天空出来了，毕竟，再忙也得过年嘛。

59　大年三十都在学习的我们

2019年2月4日　　　周一　　　晴

今天是大年三十，昨天晚上，我们学到了凌晨3点多，因为我们最近这一周的学习并不顺利。

昨天晚上，我们计划把前几天没有搞懂的难点全部搞懂，但即使我们弄到3点多，也没有学完。

因为第一周，虽然我设计了"难点攻克时间"，但是我们每天学习的任务太重了，几乎每个人都有好几个难点。如果真要全部搞明白，那可能每天都不用睡觉了。所以，我们还是决定先休息好，以保证学习效率。我们之前没有搞明白的难点，先记录下来，计划集中在大年三十，我们休息之前，全部搞明白。

很显然，我们没有完成这个任务。

本来我们计划今天早上各自回家过年，大年三十和正月初一这两天与家人团聚，正月初二早上来出租屋，开始新一轮的学习。

但昨天晚上我们决定改变计划，因为现在欠的学习账太多了，刚好可以利用大年三十和正月初一这两天，把上一周没有完成的任务完成，再往前赶一赶，这样我们才有可能完成寒假学习任务。

虽然这个变动是我们共同决定的，但一开始是我提议的。我如此提议，不仅仅是为了完成学习任务，也是为了解决我的一个担忧。

刚开始我提出这个计划的时候，小林多少有些不太情愿，毕竟他一直都是一个比较随意的人，时间观念不强。他觉得，没有完成的学习任务，之后可以再挤时间学。

我对他说出了我的担忧。其实，完成学习任务是一方面，另一方面我还担心我们努力了这么久，好不容易进入并保持下来的这种学习状态，如果被春节两天的放松中断，有可能再也难以恢复，从而前功尽弃。即便状态能找回来，也需要很长的时间，而我们现在真的浪费不起了。

听完我说的这些，小林有些无奈，但也表示认可，没再说什么。

当我们把这个消息告诉家里人时，他们表示反对。毕竟是一年一度的春节，中国人最隆重的节日，学习也不必急于这一天两天，但最终他们还是没有拗过我们三个。

所以，今天白天我们还是和往常一样，继续学习。一大早，我就收到了"翱翔宇宙"给我发来的新年祝福，他说希望我能实现自己的梦想，还说希望新的一年我们可以有更多的交流。我礼貌性地回复了一个"新年快乐"，就没有再发其他信息。这个寒假，我将所有精力都用在学习上了，不想因为其他事情分心。

令我们没有想到的是，下午的时候，我的妈妈我的弟弟、大志的爸爸还有小林的妈妈，带着几个做好的菜，来到了出租屋，更是把窗花、对联给贴上了。说是团圆饭，倒更像是父母几个凑在一起吃个便饭。也没有特别的仪式，就是比平时多了几个菜。我们一起举杯喝了点橙汁，就算是过年了。

吃完饭，三位家长都还想再待一会儿。但我们让他们赶紧走了，他们待在这里，会打扰我们的学习。他们从进出租屋到吃完饭，整个过程没超过半个小时。

三位家长走了后，我们继续学习，没有耽误一分钟。晚上，我们依然学到了凌晨 1 点多。

此时已经是正月初一。可能是因为过年，我一丝困意都没有。窗外的爆竹声让我有些恍惚，我渐渐地没有了那种自己很努力的感觉，也不再为自己的这种拼搏而感动。因为我只想完成学习任务，而且很享受这种状态——时刻保持清醒，只为了不辜负自己经历的这些苦难。不要看似很努力，结果只感动了自己。为一个梦想去拼尽全力时，其实感觉不到辛苦，只会觉得很满足。

60　一个寒假到底能提多少分

2019年2月14日　　周四　　晴

今天是情人节，也是开学的第一天。

小林昨天竟然还去订了花，一大早冲回学校，只为博得女神一笑。我还想着如何嘲讽他一下，一旁的大志则给我递上了一盒巧克力。我疑惑地看着他。他只是拽了拽衣角，淡淡地说了一句"考试加油，补充能量"。听他这么说，我也没再多想，冲他笑了笑。

一中有一个习惯，高三生开学第一天就是开学考试，目的是检验假期学得怎么样，这是逼大家在假期的时候都别太松懈，别忘了学习。

早自习后，我们信心满满地走进了考场，因为我们相信，这个寒假的付出，一定会有所回报。

2019年2月17日　　周日　　小雨

今天是开学考试出成绩的日子。寒假这两周的努力，到底效果如何，现在就是答案揭晓的时刻了。

因为学校的第一轮复习已经完成，所以，这次月考完全按照高考的要求来进行，考题不会像以前那样照顾学习进度。

晚自习之前，我们三人急匆匆地来到教室。这次考试是学校直接组织，也由学校自己阅卷统分，所以成绩出来得快一些。当我们赶到教室的时候，成绩单已经被贴出来了。

我们三个人都被自己的成绩惊呆了——

杨婷婷：579分，语文111分，数学115分，英语116分，理综237分，全班第12名，年级第159名。

大志：505分，语文83分，数学112分，英语91分，理综219分，全班第25名，年级第368名。

小林：478分，语文105分，数学98分，英语103分，理综172分，全班第32名，年级第421名。

对比期末考试成绩，也就是一模的成绩，整个进步情况如下：

我：总分516分→579分，提分63分；名次21→12，提高9名。

大志：总分439分→505分，提分66分；名次35→21，提高14名。

小林：总分417分→478分，提分61分；名次39→32，提高7名。

接着是晚自习。班主任张老师告诉我们，这次考试，平均分和期末考试的一模成绩相比，大家的平均分提高了10分，说明大家在寒假都学习了。

张老师还专门表扬了我和大志、小林，因为我们是班上提分幅度最大的三个人，大志第一，我第二，小林第三。

当然，苏宇哲依然被表扬。这次他的成绩是 709 分，年级第 2 名是 672 分。

我们三个人都特别开心，因为我们没有想过，两个星期的努力，能带来如此大的提高，这太出乎我们的意料了。

一个寒假到底能提多少分？我不知道上限是多少，但是我知道提高 60 多分是可以的。

最近这段时间，实在太累了，今天出了成绩，大家都考得不错，我们三人决定，今天晚上不学习了，放松一下。晚自习后，他俩奔向网吧，本来要拉我一起的，我还是拒绝了。

回出租屋的路上，我虽然穿着羽绒服，但还是感觉有点冷，因为白天下了雨，小风一吹，我瞬间就清醒过来。

这种刺骨的寒冷，让一直沉浸在大提分喜悦中的我冷静下来。而我从提分第一天开始就有的担忧被重新激活了，到现在仍然无解。

我知道，很有可能，我的高考成绩就定格在了这次的 579 分，就算再多一点，也永远无法跨越 600 分这座高山。

第十三章

意外变故逼我必须上清北

如果我们能成为第一支来自清北的战队，那我们的商业价值会直接上升好几个档次，到时候"旋风联盟"就是最耀眼的游戏新星。

61 一个意外来电

2019年2月18日　　周一　　晴

没想到，那个困扰我好久的问题还没有找到答案，今天就接到了一个意外来电。而这个意外来电，直接打乱了我以及"旋风学习小组"的全部学习计划。

今天上午，我们三个人正在出租屋学习，各自分析着自己这次考试的试卷，这时，我接到一个从北京打来的电话，是一个陌生的手机号码。

一般这种陌生号码我都会直接拒接，因为很多都是推销或者是诈骗电话。可我也不知道为什么，这次我直接接了。

我拿着电话，走进我的房间。电话那端，一个好听的小姐姐声音在问我。听声音，不像是诈骗电话，而且她还知道我的名字。

当我听到"世纪互娱"这四个字时，我直接惊了，这可是国内顶级游戏经纪公司，现在正当红的好几个游戏艺人，还有职业电竞选手，都是世纪互娱旗下的。

电话里面，小姐姐说，他们现在正做一个新项目，要挖掘和签约游戏新秀队伍。他们通过看上次全国游戏新星大赛的录像，发现了我们，希望签约我们的"旋风联盟"游戏小组。

一时间，我激动得竟然忘了回话。小姐姐在电话中催促着。我的语气难掩兴奋。要知道，我们当时拿下全国前三也未必能被世纪互娱签约，通常只有第一名才有资格被他们签约，第二名和第三名，必须足够耀眼，或者有过人之处才可以。

所以我很好奇，为什么他们会突然想要与我们签约，毕竟那次大赛我们并不起眼，更没有拿到名次。

对方表示，以前世纪互娱公司确实只签约顶级选手，但是因为去年 IG 战队夺冠，游戏战队的热度越来越高，他们现在专门做了一个项目，就是发掘更多有潜质的游戏新人和战队。之所以联系我们，是因为他们发现，在上次的全国游戏新星大赛上，虽然我们这支战队没有打进全国决赛，但是在大区赛以及省内赛环节，我们表现出来的配合度、默契度非常出众。游戏竞技是团队作战，这种超高默契的配合，是非常大的优势。另外，我们在比赛中也展现出了不错的游戏天赋，只是缺少一些更专业的训练。所以，他们觉得我们很有潜质，想把我们列入签约对象。

听到专业人员这样评价"旋风联盟"小组，我非常高兴，甚至有些飘飘然。我们三人之间的配合非常默契，可能是因为这么长时间以来，我们三个是真真正正交心的朋友，大家都能够理解彼此，谁的一个眼神、一个动作，另外两个人就知道他要干啥。这种配合，确实不是那种临时组队的队员能在短时间内实现的，因为心灵的交流是需要情感纽带的，这不仅仅是一个专业问题。

可现在是高三，我们正在进行紧张的冲刺，我不知道该如何抉择。

但他们提出的条件真的非常诱人：签约、请最好的教练、发职业队员的工资，前提是马上开始训练，封闭式集训。

不得不说，我心动了。但我还是要跟大志和小林沟通一下，毕竟这对于现在的我们来说，很难抉择。而且对方也表示，同时在谈的队伍不只我们，签约名额有限，要我们抓紧时间做决定，抓住机会。

挂断电话，我抑制住了内心的兴奋，装作很平静地走出房间。这件事我要想清楚后，再找个合适的时机告诉他们两个。

62 梦想和名校到底该选哪个

今天是元宵节，上午妈妈给我们送来了汤圆，还做了几个好菜。中午饭时，大志和小林都吃得很开心，但我心里有事，就没像他们那样开心。因为我一直在想签约的事情，一直想着该怎么把这个消息告诉大志和小林。

下午的时候，我左思右想，还是直接把世纪互娱要签约我们的消息告诉了他俩。

小林当场发疯了一般狂叫，而大志反倒沉稳许多，但他不知所措的动作暴露了他的内心——他也很兴奋。

待他们稍微平静下来后，我又把世纪互娱的条件讲了一下。小林迫不及待地喊着要签约。大志没有出声，只是看着我，似乎在等着我做决定。

我也非常兴奋，感觉自己曾经的电竞梦，又瞬间被点燃了。不过，那一刻，我似乎冷静了一些。我不是不想签约，我是觉得签约就意味着放弃高考，放弃了我们这么长时间的努力，我觉得有些不值得，很不甘心。

看得出，小林很想签约，他对待学习，确实一直没有我和大志这么投入。

以前游戏集训的时候，他比大志卖力，在每场游戏对战中，不仅冲在前面，而且每次大志遇到危险，还回来给大志殿后。

我们决定各自回家商量商量再做决定，毕竟这也是一件决定人生发展方向的大事。

63 一定要听自己内心的声音

2019年2月20日　　周三　　多云

昨天一直到今天，我一直都在想这个问题：我到底该如何选择。

现在直接接受世纪互娱签约，用大志和小林的话来说，"我的人生就稳了"，毕竟就我目前的成绩，到时候直接参加高考，也可以上一个不错的大学了。要知道，几个月前，我仅仅只是个不可能考上本科的学渣啊。这个选择，对我来说，的确是个非常好的选择。我觉得，只要是个具备正常思维的人，都会选择签约。要知道，世纪互娱给我们开出的条件，不就是我们原来没日没夜地训练希望获得的吗？现在这些条件就放在我们眼前，只需要我们点个头，这些就都可以得到了。

而且，在学习上，我一直担忧的那个问题，还没有解决方案。我不知道接下来我是否还可以有大的提分，很有可能我的成绩就停滞在这个水平了。

昨天，我还没有想好怎么和家里人说签约的事，趁着今天回家吃饭，我把事情跟妈妈说了。妈妈说虽然签约是个好事，但不代表一定会有一个好的发展。既然已经选择了好好备考，那就坚持下去。学习不是一件容易的事，会被很多事分心，但她希望我能理智对待。有些选择可能是被三分钟热度冲昏了头，但昏头后就要明白，任何时候都要对自己的人生负责。或许努力的尽头是不尽如人意的结局，但还是要有坚持的勇气。

可能是我们两人说话的声音有些大，被爸爸听到了。平日里不会多说我一句的他，很平淡地说："要不要去，做不做，选择权都在你自己手里。当你问出这个问题时，事实上你心里已经有了答案。"

爸爸的接话，让我有一丝惊讶，但我心里感觉很温暖。妈妈也会意地冲我点了点头。

很显然，我内心的答案很明确：不接受签约。道理很简单，即使我理性地分析出来我应该签约，但是我也不能下定这个决心，这足以说明问题了。

晚上回到出租屋，小林和大志还是很坚定地告诉我，他们还是希望能签约，这是他们和家人讨论出的结果。

没办法，我表态说明了我不想签约。可能是我在学习上已经努力了这么久，目前还没有一个结果，我想彻底拼搏一次。

小林很失望，叹了口气，用双手揉着自己的头发，显得很无奈。

大志虽然有些失望，但他还是安慰我，既然现在有人看得上我们，那日后必然也会有其他机会。加上大志这次考试提分飞速，他也对自己的学习充满了信心，表示不签约也没事。或许有其他解决方案，比如他们先签约，等我高考完再归队。

我决定明天再跟世纪互娱打电话沟通一下这个情况。

64　上名校真的会是你人生的王牌

2019年2月21日　　周四　　多云

签约世纪互娱这个事情，必须尽快做出决定，因为对方不会给我们太多时间。今天中午，我和经纪人小谢老师通了电话。

首先，我明确了我们同意签约，但在条件上还需要商榷，毕竟我还想继续备战高考。所以，我想我们三个人可以一起签合约，大志和小林他们可以马上开始封闭式集训，但我要备战完高考再归队，离现在也就是三个多月时间，6月8日一考完，我当天晚上就可以出发去北京。

对方拒绝了这个方案。

我马上又提出第二个方案，就是现在只和大志和小林签约，我高考结束后再签约。

经纪人小谢告诉我，他们看中的就是我们三人之间的默契，这是我们最大的亮点。

在我不知道如何沟通下去时，小谢打探了一下我的成绩。当她得知我的成绩后，她劝我说干吗如此执着？又不是非要考清北。

不知道为什么，那一刻，我竟然脱口而出："我就是要考清北。"

经纪人小谢听到我说要上清北，马上就笑了。我知道她在笑什么，毕竟我的成绩离上清北还差100分呢。可能是因为她的那一笑，我给她讲了全国游戏大赛失败后，我们"旋风联盟"游戏小组一起学习、一起提分的故事。

听完我们的故事，经纪人小谢态度变了。她提出一个我从没想过的方案，那就是三个人一起签约，大志和小林先离开学校，开始专业训练，我继续备考。如果我能考上清北，那我们这份合约继续生效；如果我没有考上清北，那我们这份合约失效，包括大志和小林也将失去这份合约，做辞退处理。

对于经纪人小谢的提议，我起初有点摸不着头脑，后面才恍然大悟。原来，任何事有名校加持就是王炸，更何况是游戏加上清北。而且，现在的知名游戏战队中，就没有清北的选手。如果我们能成为第一支来自清北的战队，那我们的商业价值会直接上升好几个档次，到时候"旋风联盟"就是最耀眼的游戏新星。

第十四章

冲击高分，我开始提分新阶段

当我们集体宣誓完毕后，我望着头顶的太阳，任由阳光照在我的脸上。我暗暗发誓，为高考而战！只要心中充满阳光，充满希望，充满激情，充满信念，谁也挡不住我，挡不住我走向成功！

65 再难的事认真起来都不难

2019年2月23日　　周六　　晴

这几天一直在忙和世纪互娱签约的事情，今天终于搞完了。

昨天晚上，我和大志、小林一起出去找了一家餐厅，吃饭聚一下，也是为大志和小林送行。没想到的是，大志还送了我一支钢笔，希望我能用这支笔闯到我想到达的目的地。看着这份礼物，我泪水止不住了。一旁的小林吐槽我们两个矫情，又不是生离死别的。

我哭红了眼，不管他们现在选择了什么样的道路，作为好朋友，我都是打心眼里为他们高兴。

早上，他们出发去北京，开始了职业电竞选手的生涯。我还是像往常一样，6点钟起床，开始一天的学习。只是，他们走后，就只剩我一个人在这个出租屋里学习了。

今天，我给自己定的核心任务是：正视我一直担忧的那个问题，坐下来认认真真地分析一下，我该怎么做。

到目前为止，我算是已经完成了第一阶段的提分。第一个阶段，就是拿下70%—80%的简单题，只需要吃透教材。这阶段的学习，难度不大，可以说每个人都能完成。

接下来，我就要进入第二阶段的提分了，就是拿下拉分题。这个阶段，我不确定能否只靠自己完成。因为拉分题，题目会更加综合，更有深度，也更灵活，这已经不是吃透教材可以搞定的了。搞定拉分题，需要总结每个科目拉分题的出题类型，还需要进行专项练习，总结解题思路，并基于解题思路进行训练，且要训练到炉火纯青的地步，才算是大功告成。这里面的每一步都很有难度，我不是太有信心自己能做到。所以，这一步必须有外力来帮助，要么有老师来给我讲，要么是别人带着我来做，至少在我自己攻坚的时候，能有个人让我随时请教。目前来看，这些资源我好像都没有。

之前，我之所以一直不敢面对这个问题，一是因为我第一阶段的提分还没有完成，还没到这个时候；二是因为我有点害怕，对自己没有信心。但是现在没有办法了，我不得不面对，因为我不迈出这一步，我的提分将会永远止步。

今天上午，我决定专门来解决这个问题。我拿出开学考试的卷子，一个科目一个科目地进行分析。因为分析考试试卷，是最能找到自己问题所在的方法，而且一个一个科目地去拆解，既能让复杂问题简单化，又能具体落实到每个科目上，便于执行。目前，如果我要考上清北，至少还要提高 100 分，所以，这 100 分必须分解到每个科目上。

这是我开学考试的成绩：

总分 579 分，语文 111 分，数学 115 分，英语 116 分，理综 237 分，全班第 12 名，年级第 159 名。

从分数上分析，每个科目都差不多达到了第一阶段提分的极限。不过，不同科目的提分逻辑不一样，而且提分上限也不一样。我还是需要找到提分的重点，分出主次，一段时间解决一个问题，这样提分效率会更有保障。

我对自己的每个科目都做了具体的分析：

语文 111 分。这个提分空间很小，因为上清北 120 分以上就够了。只有十来分的提分空间，提分效率不高，我决定先不管它，等到最后阶段进行失分题型的强攻时，再做一些细节提分就可以了。

数学 115 分。要想上清北，数学必须在 145 分以上，至少不能低于 140 分，所以数学是我的重点，而且数学确实难度比较大，当然也会复杂些，具体我得通过试卷分析来做出可行的行动计划。

英语 116 分。英语也是重点，要上清北，英语也得 145 分以上。英语我倒是知道怎么做，因为我已经明白，英语超过或者说接近 120 分后，就不能简单地背单词了，而是要去攻克较高难度的部分，核心就是专攻"长难句"。我觉得做完这一步，我的英语成绩应该可以提高到 130 多分甚至更高。接下来，就是针对每个题型的专项训练，把每个题型彻底吃透，把得分拿死。最后，就是针对自己的失分情况，找到失分细节，一个个消灭，进行细节提分。

理综 237 分。理综当然也是提分大头，这个分数可以上一个 211 大学，但是上清北或者上 985 大学几乎是不可能的。理综要达到 280 分以上，才可能上清北。不过，理综的情况我自己比较清楚，主要原因在于我的物理比较差，因为物理全是综合题，只靠吃透教材完全不够。化学和生物倒是失分不太多，这两个科目我觉得相对简单一些。所以，理综的核心科目就是物理。

我的学习重心，也是第二阶段的提分重点，就是数学、英语和物理这三个科目，而且英语已经有了行动思路。

做完这所有的分析，我心里踏实了很多，也理解了那句话，"世上无难事，只怕有心人"。任何事，只要有针对性地加以分析，就会找到着手的办法。一个困扰了我很久，一直没有信心面对的问题，如今只花了半天时间，就理出了思路。

我忽然对自己的学习、对提分有了更大的信心。我能感觉到，我对自己的学习有了更多的掌控感。

66 面对班上同学的嘲讽你该怎么办

2019年2月24日　　周日　　阴

今天，我做了一个重大决定，那就是回到班上，和同学一起学习。我要真正开始提分新阶段，拿下拉分题，冲击600分。

我知道自己这个阶段的学习已经不是自主学习就能搞定的了，我需要外界的助力。而这个助力，远在天边，近在眼前。

现在，学校已经开始第二轮复习了，每个科目都在进行专题复习。这些专题复习，就是对每个科目的重难点或者重点题型进行训练，具体说就是拿下拉分题。

因为申请了校外自主学习，算起来我已经好几个月没有回到班里上课了。这几个月，我只在每次月考出成绩那天，会回来看一下成绩，参加一下成绩总结班会。

今天早自习返校时，一走进班里，我就看到大志和小林的座位已经被搬走了，因为他们已经决定，只回来参加高考。那一刻，我心里空落落的。

我的座位还在，当然，是在最后一排。不过，班主任张老师看到我回来，说以我现在的成绩，可以挑一个不错的位置，于是他就帮我协调了一个中间的位置。当然，我也没有不好意思，毕竟以现在的成绩来看，这是我应该得的，是我靠自己的努力换来的。

可能是碰巧，老师给我安排这个座位的时候，我没有具体看。但当我真的搬过去的时候，我看到左右两边坐的人，立马想搬走——我左边是苏宇哲，右边是马妮然——我坐到了学霸中间。要知道，苏宇哲还好，虽然之前有冲突，但后来缓和了很多。我记得上一次我还在班里上课的时候，和苏宇哲还能打个招呼。

最麻烦的是马妮然。我知道，她肯定会没事找事。现在，我的成绩已经威胁到她了，她还不烦死我？但仔细想想，也挺为她可惜的。她很聪明，学习也努力，但脑子总是会想些其他的，不能把所有精力集中在学习上。虽然她每次考试都是班里前五名，但真的就是每次都是前五，从来没有进过前三，即使有时候拿到第四，和第五名的分差也很少。高三这么多次考试，她没有进步，也没有退步。

没承想，真的是怕什么来什么。我搬到这个位子后，第一节课下课，马妮然就开始在我旁边阴阳怪气，说我是因为自己学习不行，才想着回来，不然一个人学习，不用上课，没人管多好啊。

她倒是一下子就看穿了我，真是一个聪明人。不过，我还是秉承多一事不如少一事的原则，没和她唱反调。对她这样的人，示弱会更好，能满足她的虚荣心。

所以，我捧着她，说我以后要向她请教问题，还请她帮忙解答。

估计连她自己都没想到我会这样，她立马下意识地拒绝了我，让我有问题问苏宇哲。

那一刻，我想，惹不起你我还躲不起吗？我只想集中精力学习，不想为其他事情分心，更不想卷入没必要的争执。

今天晚上，我又收到了"翱翔宇宙"给我发的微信，还是问我最近怎么样。我告诉他，我回班里学习了，现在学习难度提升，自己搞不定了。没想到，他竟然告诉我，如果学习上有什么不懂的问题可以问他。那一刻，我内心有些小激动，更有些期盼。

他从来没提过他是干什么的，我也没有追问。但是今天，他居然提出我可以问他学习上的问题，我对他突然增加了几分好奇。

67　高考百日誓师大会

2019年2月27日　　周三　　晴

时间像离弦的箭，岁月如东流的水，永远不会回来。不知不觉间，高考已进入倒计时。从今天开始，倒计时数字就变成两位数了。

这种感觉就好像小时候看电影，倒计时的定时炸弹被启动时，那急促的嘀嗒声伴随着数字的跳动，可令人紧张了。此时此刻，我们所面临的，将是过去十二年学习生活的最终冲刺阶段，也是我们人生中最重要的岔路口。

100天，高考就在眼前。站在百日誓师大会的会场上，听着学生代表苏宇哲慷慨激昂的演讲，我知道最后的决战开始了，冲锋的号角已经吹响。不管过去是什么样，从现在开始，一切都将改变。我深信，100天我可以收获很多；100天我可以突飞猛进，创造奇迹；100天，我可以铸就辉煌！

正如教师代表、班主任张老师所说，高考是所有比赛中最公平、最干净、最透明的，这是一个只靠实力说话的比赛。虽然它不是人生的全部，却是人生中极其重要的一步。事实上，我们离成功越近，道路就越艰难。要放下包袱，轻装上阵，能吃苦，才能成功！

百日誓师大会，不是一场秀。在会场气氛最激动人心的时刻，校长带着高三全体教师进行了宣誓：高三全体教师将全力以赴，狠抓课堂、心系学生。随后，苏宇哲带领我们全体高三学生宣誓：拼搏百天、不弃不舍、超越自我、勇创辉煌！

当我们集体宣誓完毕后，我望着头顶的太阳，任由阳光照在我的脸上。我暗暗发誓，为高考而战！只要心中充满阳光，充满希望，充满激情，充满信念，谁也挡不住我的脚步，挡不住我走向成功！

集中一切精力，挖掘一切潜能，加速、再加速，为了清北！

68　当学习乱了节奏后

2019年3月3日　　周日　　晴

我回来班里上课已经有一个星期了，可能是上次我对马妮然的态度，让她不知如何下手，或是她也觉得影响不了我什么，反正从那以后，她就没再对我阴阳怪气了。

而苏宇哲，我偶尔会问他一些问题，他也会给我耐心解答。当然，现在班主任张老师也没有再提不允许打扰苏宇哲学习的话了。可能是因为我成绩也好了，或者说我现在也是班里的希望之一吧。

比较气人的是杨夏。让我没想到的是，他和班里另一个女生刚分手，竟然马上跑来对我展开攻势，甚至还提出要帮助我学习数学和物理。当然，我直接拒绝了，毕竟像他这种男生，就算成绩好又如何呢？后来，他多次纠缠我，我依旧拒绝得很坚决。

整体来说，我和同学们的关系还行，但是我的学习并不顺利，应该说很不顺利，我甚至开始怀疑我回来跟着同学一起上课的这个决定的正确性，但我还想再坚持一个星期看看。

之前我一直不知道自己到底出了什么问题，后来我发现，是因为我已经习惯自己学习了。自学的时候我都是上网课，已经习惯了按自己的学习节奏来，哪里不懂就多看几遍，或者自己多想一会儿，哪里懂了就很快跳过去。

现在回来上课，都是跟着老师讲的进度来，老师有老师的节奏和安排，尤其现在是第二轮复习，难度更大，比吃透教材要难，而且老师为了赶进度，讲得很快，很多地方我都没听懂。

经过这么长一段时间的学习，我已经养成了"今日事今日毕"的学习习惯，这是我一直在坚持的底线。我只能利用自习课一个一个地消化，但自习课的时间完全不够用，我每天晚上下晚自习后，回到出租屋，都会学到深夜12点以后。我似乎又回到了最开始自己一个人，没有大志和小林时的状态。只是那个时候我进步很快，但是现在却没了那种感觉。

之前的学习，我基本上是先吃透教材，再做做练习题，这相对来说很容易完成，也容易检测。但现在的专项学习，搞懂知识点不是关键了，关键是应用，把各种知识点组合贯通起来，不仅要把题目做出来，还要总结解题思路，不断地训练，直到熟练。因此，需要大量的刷题练习。

但是从我目前的学习情况来看，我刷题的数量是不够的，完全没有时间按照专业的"专题刷题法"的四个步骤（先复习知识—再刷题—再总结方法—再刷题）来走，效果大打折扣。

我分析了一下原因：一是学习方式发生了变化，适应需要时间；二是我通过快速提分才考出这一成绩，课本上的知识相当于是新学的，而其他学生，高一、高二学会后又复习了一遍，相比之下，我的基础不够扎实，以至第二轮复习时我感到难度大增。

我计划再花一周的时间，尽量让自己进入一个比较平顺的状态。我不知道到时候会怎样，但我似乎也没有其他办法，只能先硬着头皮往前走。

我忍不住把内心的想法发微信告诉了"翱翔宇宙"。秒回的他并没有多说什么，对话框里弹出一句"少年就应当如夏阳般耀眼，前路未知但应当无畏"。

2月是没有月考的，因为3月中旬市里会组织第二次模考，所以，这次会是什么样的结果，我非常忐忑，只希望我能破茧成蝶，而不是飞蛾扑火。

69 为什么花大力气的科目反而退步了

2019年3月17日　　　周日　　　多云

即使疲惫不堪，可还要继续啊，我必须咬牙坚持下去。

这已经是回到班里学习的第二个星期了。从3月上旬开始，我的状态就在慢慢变好，虽然还不是特别顺畅，但比开始的时候好了很多，我便继续在班里和同学一起学习。

全市模考是3月13日，对于这次考试，我心里完全没底，因为这个月，我基本上没有真正进入高效的学习状态。

2月17日开学考试出成绩后，先是忙签约的事情，前后耽误了好几天。再接着，就是制订新的提分计划，切换学习方法和学习环境。回到班里学习后，我不太习惯，一直在适应，状态刚刚好一点，就迎来了二模考试。

两天的考试，我有一个奇怪的感受，那就是很多难一点的题目我能做，但无法判断自己做得对不对；而有些简单的题目，我也有些模棱两可。总之，整体感觉就是，很多题目都没有绝对正确的把握。

今天是出成绩的日子，我虽然进步了，但这个分数让我感觉很奇怪，特别是对比开学考试的成绩，就更奇怪。

二模考试成绩：总分593分，语文118分，数学115分，英语135分，理综225分，全班第9名，年级第125名。

开学考试成绩：总分 579 分，语文 111 分，数学 115 分，英语 116 分，理综 237 分，全班第 12 名，年级第 159 名。

我的总分从 579 分涨到了 593 分，涨了 14 分，班级名次上涨三名，第一次进入前 10，也超过了杨夏，年级名次到了第 125 名。这已经是一个很好的名次了。

但具体单科分数就非常诡异了。

英语涨分最多，19 分，这一点我倒是可以理解，这说明攻克长难句就是英语超过 120 分的提分绝招。这个月，我虽然确定了英语是关键提分科目，但为了保证数学和物理，我只抽出早自习的时间及英语课来专攻长难句，还有就是逮着机会就问英语老师，除此之外，就没做其他准备了。

语文提高了 7 分，我不太理解。因为这个分数对于语文来说，是很大幅度的提分了，再多考两分就 120 分了。这也说明，我的语文没有太大的提分空间了。

我最不能理解的是数学和理综的成绩，为什么花了最多时间的科目，成绩不但没有提高，反而还降低了呢？

这个月，我根据提分计划，把所有能用的时间都花在了数学和物理上。自习课、晚自习后，我都在学数学和物理，其他科目基本上都没费什么工夫，只是跟着老师上课。甚至有时候课堂上的内容自己已经熟悉，或者认为没有那么重要，还会趁其他科目老师不注意，也学习数学和物理。

我不知道到底是什么原因，只能等卷子发下来后再做具体分析了。我有预感，接下来我将面临巨大的困难，因为难的将不仅是数学和物理，而是所有理科科目。

第十五章

重压之下，我病倒了

昏迷中，我感觉有人把我拦腰抱了起来，冲出了教室。迷迷糊糊中，我看到一张帅气高冷的脸，竟然是苏宇哲。他还在不停地呼唤我的名字。

70　为什么能一直高速提分

2019年3月19日　　周二　　多云

上次模考的考试分数很奇怪，我通过这两天分析试卷，找到了答案。

我花大量精力学的数学和物理，成绩不仅没有提高，反而下降，是因为我的简单题得分率下降了，而拉分题的突破又很有限，没能实现真正的突破。所以，数学分数没有变化，相当于拉分题补回来的分数，简单题又给丢掉了。而理综降低十多分，是因为物理有限的提分抵不过物理、化学和生物三科简单题的失分。

英语成绩的提高，的确是因为长难句的突破，阅读理解只错了一个，其他题目正确率也大大增加。

语文虽然涨了7分，但是没有特别明显的涨分点，只是好些题目多得了那么一两分，作文多得了3分，加起来是7分。这个可以理解为这次发挥得不错，或者是语文能力上来了。

分析了目前的情况，我意识到学习任务比上个月更重了。理科简单题失分率高，是因为学得不扎实，掌握得不够透彻，加上上个月没怎么去管，导致出现了很多漏洞，因此失分不少。

所以，这个月我的关键学习任务就两个：一是继续攻克数学和物理的拉分难题；二是需要对所有理科科目进行查漏补缺。这个查漏补缺因为涉及四个科目，工程量不小。

尽管在上个月我把英语长难句攻了下来，但这个月我仍然需要利用英语课时间，继续攻克长难句。因为上次考试，我明显感觉时间不够，虽然那些长难句大多能看懂，但是理解得慢，导致后面的作文写得很仓促。这个月我需要更加熟练地掌握长难句，提高阅读速度，这样英语成绩应该可以到140分。

　　对于语文，这个月我不想花特别多的时间，这次成绩已经提高了，我想继续看看情况，看下次模考成绩会怎样。

　　分析完试卷，做完计划，我并没有像上次那样轻松，反而感觉压力很大。

　　这个月的学习任务更重了，时间却越来越少了，高考在一天天逼近。要考清北，至少要考到690分才行，目前我是593分，至少还需要提高97分。可今天已经3月18日了，在两个多月内提高97分，而且是高分段的提分，这个太难了。

　　还有一个大的问题，就是数学和物理。这两个科目对我来说，难度太大了，我甚至感觉120分就是我数学成绩的极限了。这次考试，后面的两道大题，数学老师在给我们讲题的时候，计算过程在黑板上差不多写了满满一黑板，我觉得我这辈子都不可能把这样的题目做出来。而理综，那道物理综合题，关于电磁感应的，里面各种粒子、运动和各种力糅合在一起，我觉得我能把题目看明白都有难度。

　　这么长一段时间以来，虽然我的生活起起伏伏，但我的分数一直在稳步提高，且提分速度也非常快，我对学习的自信心，也建立起来了。现在，我在学习上已经没有畏难的情绪，对自己很有信心。

遇到学习上的困难，我都是直接上，哪里不会学哪里。这也是我这么久以来，一直高速提分的关键。

学习的本质，就是把不会的变成会的，道理就是这么简单。

然而现在，我看到那些数学、物理大题，就像一个小孩要去打败一个巨人，结果这个巨人站在面前，我只能看到巨人的脚，根本看不到巨人的头。

我想过放弃，就目前这个成绩，即便放弃物理和数学，把其他科目搞好，最终也能考 630 多分，上一个不错的 985 大学。这对我来说，已经是非常好的结果了，我也应该对自己满意了。

可是，仔细一想，我不能这样，因为我的目标是清北。一是如果我考上了清北，就能继续和大志、小林组队，他们也能继续他们的游戏梦想，这是我们和世纪互娱签的合约；二是这么久以来，我已经在心中默认，我要为考进清北努力拼一次。

道阻且长，但年轻就应当无畏前行，拼他个轰轰烈烈。

71　带着重压学习，结果不会太好

2019年3月20日　　周三　　多云

昨天下了晚自习回到出租屋后，我并没有直接开始学习，而是先洗了个澡。当我感觉压力很大的时候，我就会洗澡，站在花洒下面，一直冲水。当热水从头顶往下流过我的身体时，我会感觉压力在一点点地被带走，会感觉到轻松。

而昨天，我站在花洒下面，就那样淋了半个小时，却没有感觉到压力被带走。我只能擦干身体，穿好衣服，带着满身的压力，来到学习桌前坐下，开始晚自习后的学习。

不知道为什么，也可能是因为我最近太累了，做着数学题时，我居然睡着了。当我醒过来的时候，已经是凌晨两点多了。现在是3月，我没有关窗户，晚风吹进来，我感觉到身上很冷，于是趴在书桌上，而我的头刚好对着窗户，头冷，身体更冷。

这个时候，我开始担心自己会感冒。我马上到床上躺下，盖上厚厚的被子，想快点把身体暖回来，尽早入睡。可我躺在床上，不知道是不是因为冷，头越来越疼，根本睡不着。在被窝里，我双手合十，嘴里不停地默念："老天爷，可千万别让我感冒啊。"

不知道过去了多久，我终于睡着了，但我还是被6点钟的闹铃叫醒了。我感觉了一下自己的身体，虽然有点累，但是没有感冒，老天保佑！

起床之后，我马上赶去学校上早自习。其实我可以不去的，但我不想被别人说我搞特殊，就还是坚持去了。

上完早自习，大家都去吃早饭了。我想昨天自己没有睡好，就没去，而是趴在桌子上睡觉。

上午第一节课，我还是很困，虽然强迫自己打起精神来听课，但一直很想打瞌睡。因为是英语课，我觉得没有那么重要，就偶尔走神打盹一分钟，把第一节课坚持了下来。

第二节课是数学课。我们数学老师赵老师，是一位个子高高的年轻老师，比我们大不了几岁。他着装时尚，平时还很喜欢运动，是学校很多女生的偶像。赵老师从 211 师范大学数学专业毕业后，就一直在一中教书，现在是第三年，这么年轻就开始带高三了，足见他的能力。坦白说，他的课上得非常好，人也很年轻，很懂我们学生的心理，经常能和我们打成一片。回来班级上课后，我就很喜欢上数学课。另外，我也确实需要数学老师的帮助。能遇到一位赏心悦目且水平很厉害的数学老师，是我的幸运。

但到了第二节课的时候，我实在坚持不下去了，太困、太难受了。可是，赵老师的数学课我不想错过，刚好他今天讲的是非常重要的圆锥曲线内容，是高考常考的大题，而且是我拿不下来的难题。这对我来说，非常重要。

所以，即使再困，我也打起了一百分的精神来听。但我实在是太困了，坐在座位上就忍不住打瞌睡，于是，我站到了教室后面听讲。

刚站一会儿，我忽然感觉一阵眩晕，天旋地转的。然后，我就像一团泥巴一样，软绵绵地倒在了地上。

昏迷中，我感觉有人把我拦腰抱了起来，冲出了教室。迷迷糊糊中，我看到一张帅气高冷的脸，竟然是苏宇哲。他还在不停地呼唤我的名字。

72 躺在医院病床上，我想的还是学习

2019年3月21日　　周四　　多云

躺在县人民医院的病床上，打着点滴，妈妈守在我的身边，我感觉浑身软绵绵的。看到我醒过来，妈妈忙去叫来了医生。那位长得像我爷爷的朱医生说，现在孩子学习压力太大了，不管怎样，身体是第一位的。除了这些劝慰我妈的话，我还听到了其他内容。

原来，我现在身体的各项指标都很差，至少需要住院一个星期，才能回去学习。我一听到要住院一个星期，整个人都傻了。

因为还有别的病人，朱医生先行离开了。那时，我唯一想到的就是打电话联系远在北京的大志和小林。如果我真的这么下去，可能上不了清北了。这件事情和他们有关系，我必须告诉他们。

电话接通后，大志很是担忧。当得知我的意思后，他明确表示，一定会趁着游戏训练的间隙搞学习，不会放松，至少要保持住之前的成绩，这样即便我没有考上清北，他们回来参加高考，还能上个本科，我也不会有太多愧疚。

我一直觉得，医生通常会把病人的病情说得比实际严重一些，我可能并没有如朱医生说的那样严重。虽然他让我住院休息一个星期，但我还是想快点出院，毕竟时间对我来说，太宝贵了。我觉得，

我年纪轻轻的，学习再苦再累，也不会对身体造成多大的伤害，休息个一两天，怎么也够了。

73　为了上清北，我有多拼命

2019年3月22日　　周五　　阴

躺在医院里，我整个人都有一些恍惚，就连今天爸爸站在病床边，我都没有注意到。

距离上一次回家，已经过去很久了，后来我都没有再回去过。那一次爸爸说的话，让我仍然记忆犹新。还没等我开口，爸爸就一脸责备地说，因为我晕倒，妈妈守了我一夜，迫不得已之下，换了他来，导致他没办法带我弟弟去学习。

我爸一下子对我说这么多话，我一时间非常不习惯。他已经很多年没有对我说这么多话了。自从我成绩下降，开始打游戏，他就把他的人生重点全部放在了弟弟身上，我们的关系也变了。当然，我们没有争吵，更像是默契地冷战，彼此心照不宣，你不搭理我，我也不搭理你。在家里，我们一定不可能坐下来好好沟通，话超不过三句。

爸爸的这番话，我不知道该怎么接。

就在我还没想好该怎么回答时，爸爸却突然破口大骂，说我既然没那个本事，就不要去逞能，也不看看自己有几斤几两，还想上清北。

是啊，我之前是很差，但我现在已经努力追赶了，分数也提高了很多，我已经做得很好了，起码我自己是这样觉得。

可爸爸接下来的话，更是泼了我一盆冷水。他说：别有一点点成绩，就觉得自己了不起。你是上清北那块料吗？这个要看天赋，没那个脑子，怎么努力也不行。你要真上了清北，我就摆酒席，请全县人民吃饭，吃三天，不用随份子。

我对我爸最大的怨恨，就是他已经放弃了我，还看不上我。现在我已经在进步了，他不仅没有赞扬，没有肯定，还来讽刺我。当我听到这些话，我感觉整个人忽然清醒了，瞬间有了力量。

一直躺在床上的我坐了起来，深吸了一口气，嘶吼着对爸爸喊出了内心深处的话："这么多年你都没管过我，这时候凭什么在我面前说风凉话？我要考什么大学，是不是考清北，这些都和你没有关系。我想怎么学，是不是学到晕倒，是不是要往死里学，更和你没有关系，你培养好弟弟就行了！"

或许爸爸的话里也有对我的关爱吧，可能他是担心我的身体，是希望我不要那么累，可是此刻，我只是选择性地听进了那些让我觉得刺耳的话语。

因为实在气不过，我的情绪一上来，整个人就失控了。我撕扯着手臂上的医用胶带，去拔输液管。一向说话温柔的妈妈，在一旁焦急地大喊，让爸爸把我摁住。

然而，爸爸的一句话彻底激怒了我："一个18岁的成年人，有能力决定自己的行为，爱怎么样就怎么样，谁也管不了！"

没等医生来，我自己就把输液管拔掉了，拿着手机，头也不回地出了病房。妈妈追出来，想拉住我，却被我狠狠地甩掉。我嘶吼道："我就要考清北！只要学不死，我就往死里学！"

这句话，我是喊给爸爸听的，也是喊给我自己听的。

第十六章

终于，三模冲破600分大关

在这一刻，我更加坚定，我一定要考上清北！只要我能考上清北，我就能对这一切的不公，还以最响亮的耳光，而那些曾经看不起我的人，也势必会对我刮目相看。

74 你的努力会感动到能帮你的人

2019年3月25日　　周一　　晴

从医院出来后，我就回出租屋了，没有回到班里学习。我确实需要养养身体。

这几天，妈妈一直待在出租屋照顾我的生活起居，我也减少了学习时间，每天适当地做些简单的运动，身体确实要养好一些才能更好地学习。

刚回来的时候，妈妈还安慰我，希望我不要生爸爸的气，爸爸那么说，也是担心我的身体。我当时就是在气头上，过后也就没什么了。因为对爸爸从来没有什么期待，所以也不会有什么失望。这么多年，我已经习惯了。偶尔我也会想起小时候，爸爸带我学数学、学拼音，带我去上辅导班的情景。不过这些，可能永远都只能停留在记忆中了吧。

经过三天的休息，我的精神状态好了很多。虽然还没有恢复到完全正常，但我不能再等了，必须回去上课了，因为数学和物理的难点部分，我自己搞不定。所以，现在的每一分、每一秒，都对我很重要，我一天都耽误不起。

因为身体还没有完全康复，下课后，我就坐在座位上，没有出去走动，希望减少活动，保存一些体力。

谁承想马妮然主动凑了过来，调侃我这么拼命，还因为学习而晕倒，是心比天高、命比纸薄。面对她的嘲讽，我压根就不想搭理，甚至都没有正眼瞧她。可能是因为我的这一反应，让她觉得无趣，她忽然提高嗓门大喊起来，说我不搭理她，是因为我现在成绩好了，瞧不起人了，连她都不搭理，看来全班同学没几个被我瞧得上的。

这是什么歪理啊！

即便是下课时间，也还有很多同学在学习，一下子，整间教室瞬间安静下来。当然，她始终没有忘记带上苏宇哲，她觉得自己很没面子，说全班只有苏宇哲配和我说话。

正当我想着该如何反击时，苏宇哲站了出来，怒斥了马妮然。这一举动，把全班同学都镇住了。

我看了一下苏宇哲。他已经从座位上站起来了，很愤怒地看着马妮然，中间隔着我的座位。

马妮然似乎有点不知所措，因为她肯定没有想到自己的话会惹怒苏宇哲。教室里死一般寂静，大家看着苏宇哲和马妮然，当然还有我。

就这样僵持了一会儿，马妮然似乎还很不服气，依然穷追不舍，直言苏宇哲喜欢我，是在为我撑腰。

话音刚落，教室里所有人都哄笑起来。

75 学习到底能不能靠别人呢

2019年3月26日　　周二　　晴

到现在我的脑子还有些蒙，像做梦一样。

昨天苏宇哲把我拉出教室后，一直从楼梯往下走，没有停下来的意思。

我问他去哪里，他也不说。我就在众多同学或好奇、或戏谑、或惊讶的目光中，被苏宇哲拉着走下了楼梯，走过了操场，走过了学校后山的小树林，来到了小树林的后面。

整个过程，我一直没有说话，也不知道该说什么。

一向高冷的学霸校草，牵着一个女生，在学校里一直快速地走，这会引起什么后果？

经过漫长的行走，苏宇哲停了下来，松开了我的手。我无论如何也想不到，他的目的地竟然是我在学校的"秘密基地"。

更意想不到的是，去年9月，我在这里对天发誓的时候，他就在现场。

听到这个后，我瞪大了双眼，眼珠子都要掉下来了。他说，那天他无意中打了我一巴掌，本来想跟我道歉的，但碍于那么多同学在场，作为一个学霸，他无论如何也要维护自己的形象，所以没有给我当场道歉，就直接走开了。后来，他看我又遭遇了"垂涎他"

的乌龙事件，还有马妮然的冷嘲热讽，有点担心我。所以，那天他看到我一下课就直接冲出教室，怕我有什么事，就一路跟踪我到了小荷塘。

虽然苏宇哲说的话听起来没什么感情，但是语气稍微有那么一点像做错事的孩子。我心想，这个家伙还算有点人性！不过，我并没有表现出原谅他的样子，而是冷冷地对他提了个要求，希望他替我保守秘密，毕竟这个地方连大志和小林都不知道呢。

当时的气氛确实有点尴尬。苏宇哲可能也注意到了这一点，他很生硬地把话题切走。他表示，他可以帮助我考清北，理由是他看到了我的努力，每天早早地到校，抽屉里堆满了笔记，用了那么多的学习方法，就连课间都没有休息，为了不打瞌睡还主动站着听讲，这已经很不容易了。每个人都有自己的坚持，能坚持这么久，付出这么多，这本身就是一件不容易的事情，像我这样努力的人，值得被支持。

我太需要苏宇哲的帮助了。应该说，我身边的人，现在就只有他能帮助我考上清北了，毕竟我不能凑齐每个科目的老师来帮我。而且，他主动提出帮我，我也没有理由拒绝。于是，我们就商量好每天下晚自习后苏宇哲来我的出租屋里帮助我学习。

那一瞬间，我如同抓住了一根救命稻草。

76 学霸带你学习是一种怎样的体验

2019年3月27日　　周三　　晴

昨天下了晚自习后，我把出租屋仔仔细细收拾了一遍，毕竟一个女生的房间，让一个自己不怎么熟悉的男生来，肯定要适当准备下。

虽然之前大志和小林天天来，但我和他们太熟了，完全不会在意。和苏宇哲不熟，形象还是要的嘛。

距离高考只有两个多月了，我脑袋里想的全是学习，每天想的就是怎么提分，怎么考上清北。

中午休息时，我先回了出租屋，大约五分钟后，苏宇哲到了。他到的时候，我已经把最近两次考试的各科试卷放在了餐桌上。

苏宇哲一改往日高冷、说话慢吞吞的样子，坐在餐桌边，仅用不到五分钟的时间就看完了。他把所有试卷往餐桌中间一推，告诉我，下次三模考试是 4 月 22 日，今天是 3 月 27 日，我们有 26 天的时间。要想上清北，必须考到 700 分。三模之后还有最后一个月可以用来专门做细节提分，可以提 30 分，所以，三模我必须考出 670 分。

苏宇哲说这些的时候，中间完全没有停顿，一口气说完。

对于我的问题，他给出了具体方案。每天的学习任务，他会在当天下午给我列出来。当然，我不拿这个学习任务也没关系，因为他会把我每天要做的事、要做的题，在早自习的时候给我，而且还会给我列好每项任务分别要花的时间。我根据他给的学习计划直接去做就行，不用消耗脑细胞来操心计划本身。尽管有如此详细的计划，我还是有些担忧，遇到不会的该怎么办？

苏宇哲表示，他会在给我安排每天的学习任务时，列好每个学习任务里的关键要点，比如怎么去学、怎么寻索解题思路，这样我就能明白很大一部分。如果有不明白的，每天中午和晚上的吃饭时间，就是他给我讲解的时间。每周我可以请假一个晚自习，他集中给我讲解平时没有掌握的知识。

学霸就是学霸啊，真的是不一般。我现在感觉自己上清北有望了。之前，我只能说，那是妄想。

77　我必须证明学渣也能上清北

2019年4月11日　　周四　　小雨

今天中午，我们还是像往常一样，苏宇哲给我讲我没有学懂的内容。我明白了数学里的一个重点题型，很是开心。

苏宇哲讲题特别通俗易懂，再复杂的题，放在他眼前，他也能拆解得清清楚楚、明明白白。我理解的时候，几乎没有任何难度。

苏宇哲给我的学习计划里，把数学和物理的问题，总结成了难点专题。所以，我们每攻克一个专题，就相当于我把这个部分攻下来了，之后再遇到这个专题的题目，我就都能做出来，保证得分。

因为他不仅会给我讲知识，还会梳理关键题型，总结出解题思路，再基于解题思路让我进行练习，直到我能形成条件反射，看到某类题型，马上就知道怎么做。这套方法和"专题刷题"差不多，但之前我自己是无法完成的，因为第一步的知识点我就一知半解，题目更是做不出来，那总结解题思路也就无从谈起了。

经过这一个多星期的学习，数学和物理，我至少攻克了五个大专题，进展非常顺利。我能看到自己每天都在进步。这个星期是我进入高三以来，学习得最舒畅也最轻松的一个星期，毕竟有人带着，有人随时给我讲解，比我自己学要快很多。

但是，一件意想不到的事情发生了。下午的时候，班主任张老师突然来到教室，让我和苏宇哲马上去他办公室一趟。

原来，苏宇哲带我学习的事情被发现了。这可把我惊到了，因为我们都觉得做得万无一失，不会被人发现。这怎么就被张老师知道了呢？

苏宇哲很不服气地辩驳，据理力争。但张老师语气坚定，表示他势必要保护好苏宇哲这个今年考清北最稳的苗子。

我不想争论，却握紧了双拳。我再一次感受到，能不能考上清北，不管是对自己、对班级、对学校，都是一件有着非同寻常意义的事。对于可能的苗子，学校会用各种力量去保护！

在这一刻，我更加坚定，我一定要考上清北！只要我能考上清北，我就能对这一切的不公，还以最响亮的耳光，而那些曾经看不起我的人，也势必会对我刮目相看。

78 没有人能替你吃学习的苦

2019年4月26日　　　周五　　　晴转多云

最近半月没有写日记了，不想写，也没有时间写，现在睁眼闭眼都是学习。

自从上次班主任张老师叫停苏宇哲帮我学习之后，我就断掉了依靠他人帮我的想法。这一点，我无比确定，也无比坚决。

没有人能替你吃学习的苦，命运必须把握在自己手里才行，毕竟，谁也不能定义你，除了你自己。

尽管张老师禁止苏宇哲帮我，但苏宇哲还是愿意给我做学习计划，给我学习资料，不过我拒绝了，因为我不想牵连到他。如果他真的因为这件事，最终没有考上清北，那我就是罪人，也会有无数的人在背后骂我。

这半个月，我一直靠自己疯狂地学习。虽然问题都很难，但我一个一个地死磕。

前几天，还发生了一件让我很丢脸的事情。数学课下课后，赵老师离开教室。我以百米冲刺的速度冲出教室，跑到最前面，因为我后面还有其他追过来要问问题的同学。我来到老师办公室门口的时候，门是关着的。因为后面有人追，大家就隔得很近。我去推门，后面的同学就一下子压了过来。一瞬间，门没有开，而是直接垮了，我重重地摔在门板上。

真是太丢人了！

赵老师说，杨婷婷，这个门啊，平常推得最多的就是你，坏了我们还没有来得及修，现在垮在你手里，也不冤枉！

不过，我没有管赵老师说的这些，而是站起来就扯着他给我讲刚才课上我没有听明白的题目，把他弄得哭笑不得。

我把老师办公室门推垮，不仅没有被批评，班主任张老师还在班里表扬了我，让其他同学向我学习，有不懂的一定要问老师，多往老师办公室跑。只要大家好好学习，门再推垮几次都没问题。

我发现靠着这种锲而不舍的精神，很多原本觉得很难的知识，也能学明白了，那些看起来非常复杂的题目，我也能解出来了。

学习其实也没有那么难，就看自己是否真的愿意去死磕，去一遍又一遍地看，去熬一个又一个的夜。如果你觉得这个世界上有难题，那一定是你为它付出的努力还不够。

这半个月，是我进入高三以来学习最疯狂的阶段。我的确是受到了刺激，既是因为苏宇哲让我又看到了希望，更是因为我不想输！

我不能输！我必须考上清北！

自从上次张老师禁止苏宇哲带我学习后，苏宇哲就从班里消失了。我给他发信息，他也不回，到今天，已经十来天了。我很担心他，担心他出事。

我就苏宇哲的消失找过班主任张老师。他只是告诉我苏宇哲没事。我见班主任很肯定，就没再多问。他肯定不是一个会做傻事的人。

今天，三模考试的成绩出来了，我考了631分，比上次模考的593分进步了38分，全班第5名，马妮然是625分，全班第6名。

这个成绩当然又把马妮然激怒了。今天成绩一出来，她就在班里放言我这个成绩都是苏宇哲帮的忙，是我靠仅有的一点姿色去魅惑苏宇哲，让苏宇哲带我学习得来的结果。

那一刻我非常气愤，握紧了拳头想与她打一架。但我冷冷地看了她两眼后，放弃了。我没有去管她怎么说，因为我真的没有时间了。我眼下的心思，全部在这次考试的成绩上，我得思考接下来我该怎么做。

我把这次三模考试的成绩和二模进行了对比：

三模考试成绩：总分631分，语文116分，数学127分，英语139分，理综249分，全班第5名，年级第68名。

二模考试成绩：总分593分，语文118分，数学115分，英语135分，理综225分，全班第9名，年级第125名。

虽然我进步了38分，总分到了631分，但是这个成绩，我高兴不起来，因为距离苏宇哲给我规划的670分，还差39分。这也就意味着，如果我要考上清北，下个月，也就是高考前的30天内，我还要再提高60分。这几乎是一个不可能完成的任务。

晚上睡觉前，我打开微信，点开与"翱翔宇宙"聊天的界面。我想起他之前和我说过，有学习问题，可以问他。

我试着问了他一些问题，我惊讶地发现，他都会认真地解答，而且解答得非常专业。

79 你永远无法堵住别人的嘴

2019年4月27日　　周六　　晴转多云

离高考仅剩一个月了，离目标分数还差60分。虽然我很坚定，要靠自己上清北，但是铁的事实摆在我面前：靠自己现在已经几乎没有什么可能了，除非能突然冒出来一个像苏宇哲一样的人帮助我。

可能是上天不想断了我的路吧，今天早自习的时候，班主任张老师叫这次三模考试的前五名到办公室，告诉了我们一个好消息：学校计划搞一个"清北集训营"，在最后一个月，把有希望冲击清北的同学集合在一起，每天下午和晚自习，安排专门的老师来给我们拔高。

得到这个消息，我又看到了希望，整个白天都沉浸在兴奋之中，我期待着这个"清北集训营"的正式成立，我甚至开始基于训练营，来构思最后一个月的学习计划了。

吃过晚饭，我回到教室。到底是离高考越来越近了，教室里面已经有很多同学在学习了。不过，好像大家并没有像往常一样在学习，而是在一起说着什么，看我进来，大家都齐刷刷地看向我。

我发现教室的黑板上赫然写着两行大字：杨婷婷考试作弊！不配入清北集训营！而且在黑板上，还贴了很多便签纸条。

我控制住情绪，走向讲台。我发现这些贴着的便签纸条，都是我日常学习用来摘抄知识点、方便记忆的便签，上面全是密密麻麻的笔记，这些便签原本都在我的课桌抽屉里。

我大声问谁干的。话音刚落，马妮然马上接过去说"我干的"，并走上讲台。

她扯下几张便签说："你说你一个学渣，刚进高三你才300多分，现在都631分了，你说成绩进步有这么快的吗？你不靠作弊，谁信啊！你看你这些小抄，就是你作弊的证据。"

马妮然说着还问班上的同学"是不是"。不过，同学们并没有回应她，都在看热闹。

我没有打断她，我想看她怎么把这场戏演下去。

她见我没有说话，于是接着说："本来，你不影响我，我也不打算撕开你的真面目，但是你现在都把我挤到第6名，要抢我的集训名额了，我不得不这么做，我是被你逼的。"

马妮然边说还边装可怜，说到最后还带了哭腔。

我没有说一个字，毫无征兆地一耳光抽向马妮然，马妮然反应过来，我们两个人便扭打在一起。班干部冲上来劝架，把我们两个人扯开了。

有人去叫了班主任，张老师很快来到了教室，把我们两个人还有两个在场的同学带到了教师办公室。张老师很快搞清楚了事情的经过，马妮然还是一口认定我作弊，要求学校严查我，不能让我进"清北集训营"。

我也很坚定地对张老师说，我没有作弊，随便学校怎么查。不过，如果学校没有查出什么，必须要让马妮然当众向我道歉，并写保证书，永远不要再干扰我学习。

当着老师的面，我们两个人又吵起来了。张老师让我们两个人住嘴，严肃地批评了我们两个人。

张老师让马妮然把更多的精力放到学习上，别受别人影响，自己搞好学习提高成绩是第一位的。

当然，张老师也说了我，让我控制好自己的情绪，虽然马妮然做的不对，但是打人肯定也不对。

最后，我们当着张老师的面，彼此道了歉，这事就算是过去了。

班主任为了避免我们再吵架，就让我回自己的出租屋晚自习，让马妮然回教室。

第十七章

我并没能消灭最后的难点

我不知道是因为这个大胆的决定，还是因为时间实在太过
紧张，我已经感受不到压力，脑子里唯一的念头就是绝对不能
前功尽弃，就算是爬，我也只能向前。

80　高考最后40天要做的事

2019年4月28日　　周日　　阴

今天上午第二节课是语文课，班主任张老师在下课之前，向全班公布了学校清北集训营的名单，我没有入选，马妮然也没有，我们班入选的是这次三模考试的前三名。

张老师解释说，学校最终的入选标准是：每个班上的前三名，或者是三模考试达到640分的学生。学校之所以这样决定，一是考虑到每个班前5名人数太多，起不到真正集训的效果；另外就是如果三模低于640分，考上清北的可能性也很小。

我不知道是不是因为马妮然捣乱，让学校改变了计划。

我坐在座位上，长叹了一口气。我的叹气，有没能入选、希望破灭的因素，但更多的是因为我忽然间产生了一种深深的挫败感和无力感。

我身体不听使唤地走出教室，走到了我的那片小荷塘。

高三这么久以来，我已经经历了太多太多。虽然我会在某一个瞬间有情绪，但只要情绪过去后，我就能很快恢复成一个很理性的人，能冷静客观地面对现实。

总分631分，语文116分，数学127分，英语139分，理综249分，全班第5名，年级第68名。

196

这是我三模的成绩和名次，高考最后 30 多天，基于我的成绩，还有考试的试卷，我做了一个客观分析：

首先，总分 631 分要提高到 690 分，需要再提高 59 分。当然，班级名次要到第 2 名，毕竟还有苏宇哲在前面。年级要进入前五，最好是前三。因为一中的历史上，最多的一年也只有 5 个人考上清北，而更多的年份是两三个。

就单科分数而言，语文要达到 125 分；数学和英语都要达到 145 分，除非有另外某科分数特别高，否则不能低于 140 分；理综不能低于 280 分。这样的分数结构，上清北才会比较稳。

结合我的情况，目前有如下几件事要做：

第一，数学和物理的难点专题还没有彻底攻克。苏宇哲之前给我列的任务，我做了大约 60%，还有 40% 没有完成。这其实是上个月的任务，现在只能留到这个月了。

第二，每个科目的精细提分。这是苏宇哲给我列的计划中，这个月要完成的任务。很多能考上顶级 985 大学的同学，都有考清北的实力，为什么他们没有考上呢？就是因为他们没有进行精细提分，也就是一道题一道题、一分一分地去死抠，在必须拿到满分的题型上，要做到零失分；而对于其他会有失分的题型，比如作文，要用科学的方式控死在能上清北的水平，只有做到这样万无一失了，才能真正考上清北。所以，精细提分有很多小细节要做。很有可能有些科目你付出很久，但只能提高两三分，甚至一分，但是你又不得不去做，因为你不做，可能最终就是差这一两分导致上不了清北。

两个板块的事情加在一起，相当于我这个月要完成两个月的任务，而且这两个月的任务，之前是在苏宇哲的帮助下制订的，而我现在既没了苏宇哲帮助也没有进清北集训营，只能靠我自己了。

不管是整体要提高 59 分，还是这个月要完成原本两个月的任务，似乎已经是一个不可能的事了。

可是，我除了往前冲，还能做什么？现在放弃，我肯定不甘心，都拼到现在了，为什么不坚持到底呢？反正再苦、再累、再难，也就是最后一搏了。

唯有一件让我觉得欣慰的事情，今天是 4 月 28 日，高考是 6 月 7 日，准确来说，我还有 40 天的时间，而不是 30 天。

所以，我重新做了一个大胆的决定，以解决我目前的困局。

我的计划还是按照"一段时间集中做一件事"的原则，在 5 月 7 日前，将这多出来的 10 天切成一个 6 天和一个 4 天。前 6 天，我专门攻克数学的难点专题；后 4 天，攻克物理的难点专题。除了数学和物理，我就不在班里上课了，还是在出租屋里学习。

最后 30 天我既要攻克没有学明白的数学和物理的难点，又要做每个科目的细节提分，还要留出一周做套模拟考试训练卷。无论哪一个点出问题，都会打乱整个学习节奏，我不能把自己置于这样一个极度危险的境地。

我不知道是因为这个大胆的决定，还是因为时间实在太过紧张，我已经感受不到压力，脑子里唯一的念头就是绝对不能前功尽弃，就算是爬，我也只能向前。

81　追梦的人会成为一道光

2019年5月4日　　周六　　晴

又是马不停蹄高强度学习的一周。虽然很难，但我就像上个月一样，一道题一道题地去刷，一个个地去消灭数学和物理难点。

一般刷完题目后，我会把刷完的题直接堆在书桌上。今天，我还是像往常一样，把刷完的题目顺手一放，可是我发现，已经不能直接放上去了，刷的题目已经堆得太高，我不得不站起来才能放上去。

我突然意识到，我好像从来没有认真地看过每天朝夕相处的书桌，这奋斗的战场。我发现，在书桌上，刷过的题、做过的卷子、背过的单词本和记录的笔记堆成了一座座小山。这一座座小山旁边，有两个笔筒，里面全部是用完了的笔芯，已经有几十支了。我平时换笔芯时，都是随手把用完了的笔芯直接扔到笔筒里，现在伸手去抓，一大把都抓不下。

看着眼前的书桌，我的眼泪唰的一下就流出来了。这都是我的青春，我的日日夜夜，我努力的见证啊！

书桌上有这么多东西，确实太乱了，我得收拾一下。于是，我把房间里的一个大拉杆箱拿了出来，把书桌上的笔记、刷的题和试卷，全部放进了拉杆箱。当我放了满满一箱后，发现还没有放完。

突然，我听到敲门声。我觉得奇怪，怎么会有人敲我的门呢？我以为是妈妈来了，但是妈妈有钥匙啊。

我从门禁往外看，发现居然是苏宇哲。这确实令我没想到，我赶紧把我们的校草学霸请进来。

苏宇哲看到我放在地上装满学习资料的拉杆箱，说了一句："难道你要拉着一拉杆箱卷子上清北啊？"

我笑了笑，从厨房倒了一杯水出来，递给坐在沙发上的苏宇哲。我也坐在了他的旁边，直勾勾地看着他。他消失的这段时间，竟然是去处理保送的事情，刚办完就急忙过来找我了。

保送？我一下子摸不着头脑，苏宇哲喝了口水后才娓娓道来。原来，他之前拿了数学竞赛的全国金牌，清北大学给了他保送的名额，当时他拒绝了。因为接受保送的话，他只能读数学专业，但他的理想是计算机专业。

苏宇哲的爸妈都是公务员，而且爸爸是县里一个比较大的官，只是他保密工作做得好，大家都不知道。从小，他的爸妈对他要求特别高，管得也特别严，什么事情都必须听从父母的安排，不能有自己的想法。就如同一艘被设定了航向的船，只能沿着既定方向行驶，不能有任何偏航。

这次考大学，他爸妈要求他必须考上清北。所以在他父母的规划下，他参加了数学竞赛。当然，他也如他爸妈希望的那样，拿到了全国金牌，获得了清北的保送资格。

清北的计算机专业是最近几年清北录取分数线最高的专业之一，

基本上只有高考成绩在全省前 20 名的才能上，难度很大。现在临近高考，一方面有他爸妈给的压力，另一方面他自己也有些担忧，最终，他还是接受了保送。

苏宇哲说，我就像他生命里的一道光，更像是他骨子里那个真实的自己！他没有我那么勇敢，敢违抗父母，为了自己的梦想，不管有多大的阻碍，都不放弃！所以，他特别希望能帮我去完成梦想，考上清北！

我没有想到，我竟然成了苏宇哲的理想。那一刻，我才意识到，这些改变都不是突然发生的，而是"念念不忘，必有回响"。一个努力追求梦想的人，真的会像一道光，把太多人的人生照亮。我想，他也终会成为自己想成为的人。

82　面对难点，学霸是怎么做的

2019年5月5日　　周日　　晴

现在的时间一刻也不能耽误，昨天和苏宇哲聊完后，我马上开始了具体的学习。

还是老规矩，苏宇哲看了一下我三模考试的卷子，只用了两分钟就扫完了。

他放下卷子问我，自从上个月他走后，一直到上次三模考试，哪些我学完了，哪些还没有学，哪些是学完了但是没有学明白的，哪些是虽然学明白了但做题还有问题的。

确认完这些后，我如实地告诉了他我最近这几天的学习情况。

听我说完后，苏宇哲皱了一下眉头，说可以看出我花了不少工夫，虽然时间紧张，但还来得及。

见他这么说，我松了一口气，告诉他我接下来打算在 5 月 7 日前，把数学和物理所有知识性问题都解决，剩余的最后 30 天，就进行每个科目的细节提分。

没想到苏宇哲表示，这就是他原来的计划，只是他之前没有具体计划这多出来的 10 天时间，因为他准备把这 10 天单独留出来备用，万一前面的计划没有完成，或者出了点啥问题，还有这 10 天的时间可以补救。现在看来，这 10 天用上了。

苏宇哲当即决定，我们就利用这两天把数学和物理的难点专题全部消灭掉。

这正是我目前面临的难题。今天刚刚开始物理难点专题的学习，正头大呢！物理实在是太综合了，对我来说，这种盘根错节、缠绕在一起的知识点，实在超出我的理解能力。

我一直觉得物理比数学更难，毕竟数学就是在一个板块里转，也就难在一个窝里，不太牵扯其他问题，我还能学懂一部分，而数学也不是所有题都是难的，可物理真的是每道题都难。

苏宇哲见我抱怨物理难，笑了笑，从他的背包里拿出一个笔记本。没想到的是，他这个本子解救了我！

这个本子上，记录的全部是他总结的物理题型，是根据最近五年的高考物理真题，以及全国百强高中的物理卷，总结出来的物理典型题型。这些典型题型，基本上涵盖了高考物理题会出现的各种题型。很多物理题，可能第一眼看着好像没见过，但是仔细分析，就会发现它的内核其实就是某个题型。每个典型题型，他也都列出了这个题型的关键要点，比如它是哪些知识和哪些知识的综合，以及如何运用这些知识、探索解题思路、进行解题等，当然还有一些别的细节。总之，我只要把这个物理题型本研究透，物理别说满分，哪怕丢分，也丢不了几分。

这一刻，我很惊讶，学霸的学习真的是有方法啊，我自己是一辈子都不可能想到这样的方法的。不过，我还是有点怀疑，毕竟他手里的笔记本就是那种很常见的小笔记本，也很薄。

他看出了我的疑惑，却没有过多解释，只是告诉我必须跟着学，一定要把这个本子里的内容吃透，这就是我这两天的核心学习任务。

而这个本子，是这些天他专门为我总结和准备的。

我还是有点怀疑，因为翻开这个笔记本后我发现，这里面并没有很多题型，也就十多个。不过，苏宇哲还是很坚定地提出，既然他带着我学习，我就必须全部听他的，不许有反对意见！这是原则！

见他突然很正式地和我说话，我马上认尿，行吧，开始加速拼搏吧！

83　有时候真的是一题定人生

2019年5月8日　　周三　　晴

过去的两天，我和苏宇哲按照计划，学完了数学和物理的难点专题。

为了检验我的学习成果，苏宇哲专门找来了一张数学卷和一张理综卷，让我按照高考的时间要求来做，他给我判卷。今天成绩出来了，我的数学是135分，理综是269分。数学比三模的127分提高了8分，理综比三模的249分提高了20分。

很明显，这个成绩说明我的物理算是拿下了，但是数学没有达到要求。

可我实在搞不明白，为什么我觉得很难的物理搞定了，觉得简单一些的数学却没有搞定。

这几天，苏宇哲带着我学习，我感觉快到极限了，这很可能意味着我的数学成绩无法再提高，就一直是135分。而我也可能会因为数学离目标差10分，最终没有考上清北。目前出现的情况，苏宇哲尚没有办法解决，这是他没有遇到过的事情，也超出了他的认知范围。

之前，我一直都觉得物理比数学难，但在四天之后，我觉得数学比物理难。

实际情况是，我一直认为非常难的物理，当我学完苏宇哲的那个题型本后，发现物理出题的模型，就那么几种组合方式，而具体到每一个物理知识点，考核得并不深，只需要把它们之间的各种结合"全部搞清楚"，注意，是"全部搞清楚"，其实就不难了。

至于为什么是"全部"，是因为相较于数学，高考考查的物理知识点相对来说要少很多。物理出题的组合方式无非就是"力学与运动学、力学与电学、力学与电磁学、电学与电磁学"这几种，再结合高考的考核要求，能出的题型很有限。哪怕考试的时候遇到看似没有见过的新题型，但是只要扒开这种题型的外衣，会发现内核还是那几种。

苏宇哲总结的题型本，更准确来说应该叫"物理母题题型本"。只需要把这些母题搞清楚、搞明白，其他的物理题就都能做出来，因为其他的物理题都是这些母题的变体。

我一直最担心的物理，靠苏宇哲的小本子拿下了，然而数学又遇到了新问题。

因为高考数学最难的，通常一是导数大题，二是圆锥曲线的大题。这两个板块，苏宇哲用了他能够想到的所有方法给我讲，我都听不懂。即使我能做出来题，也是这部分多一点，那部分少一点，但是不管怎样，就是没有办法全部做出来，分数总是拿不全。

通常情况下，导数大题会是压轴题，第一问没有那么难，还能做出来。第二问就是压轴的部分了，它没有固定的出题模式和思路，出题方式非常多样，需要有非常扎实的数学功底和数学思维，才有可能做出来。

之所以我们一直定的数学目标分数是 145 分，就是扣掉了这压轴题第二问的 5 分。

压轴题毕竟已经把丢分预留出来了，真正要命的是倒数第二道大题，因为这道大题通常是圆锥曲线或者解析几何。解析几何通过苏宇哲的帮助，我已经拿下了。但是圆锥曲线的大题，我是怎么都不能完全做出来。我似乎永远都找不到双曲线上的 P 点在哪里，也好像永远都想不明白双曲线上的两个点到底会怎么动，更是想不通为什么那条直线要穿过那个双曲线。

高考时我拿到的数学卷子，如果考的是解析几何，我或许就能上清北了；如果考的是圆锥曲线，那我铁定就上不了了。

寒窗苦读十二年，刷了数不清的题，熬了无数个夜，但最终决定我们命运的，就是这一道题。这一道题影响了我们的一生，决定了我们要在哪里读书，与哪个人睡上下铺，与哪个人成为朋友，又与哪个人走过这一生。

想到这里，我看向苏宇哲。这是我第一次在他的表情中看到了无能为力。因为他已经想尽了一切可能想到的办法，希望把圆锥曲线给我讲明白，但我就是不明白。

可能，这就是命吧！

我注定上不了清北。

可我又能怎么办呢？

高考已经进入最后 30 天的倒计时。

前路漫漫，我有的时候好像看到了那束光，有的时候好像又觉得前方暗淡无光。

第十八章

高考倒数30天提分计划

考试能得多少分，它不是由知识学得怎样决定的，而是由考试的时候写在卷子上的答案决定的。所以，最后一个月，细节提分的关键是"考试输出"部分，这会是成败的一个关键。

84 一个清单消灭所有知识漏洞

2019年5月9日　　周四　　晴

今天，我们正式进入了高考最后 30 天的冲刺。按照苏宇哲最开始给我制订的计划，这 30 天里，我们的核心任务是细节提分，提分目标是 30 分。

我目前的成绩如下：

三模考试总分 631 分，语文 116 分，数学 127 分，英语 139 分，理综 249 分，全班第 5 名，年级第 68 名。

但是经过 10 天的数学和物理提分学习，按苏宇哲给我的卷子进行测试，结果是数学 135 分，理综 269 分。如果用这两个分数直接替换三模数学和理综的分数，那我现在的成绩应该是 659 分。

当时，苏宇哲给我定下的三模目标分数是 670 分，659 分距离 670 分还差 11 分，这 11 分就是我数学遗留的那个大漏洞。

所以，我最终能否考上清北，由两件事决定：

第一，数学圆锥曲线的大漏洞，要在最后 30 天内消灭；

第二，最后 30 天，通过细节提分再提高 30 分。

我需要把这两件事同时做到，才可能考上清北，而这个可能性是极低的。

因为第一件事本来是之前就要完成的，留到最后 30 天，会占用时间不说，且这件事至今都还没有一个可行的解决方案。第二件事要完成也不容易，因为我之前的学习计划一直都有拖欠，几乎没有哪个计划是完全在既定的时间内完成的，不然也不会到最后30天还存在这么多的学习任务。

庆幸的是，目前我的心态还不错，一点儿压力都没有。我只有一个信念：乾坤未定，你我皆是黑马，不到最终高考分数出来，我决不会放弃自己。

人的潜力是无限的。在这之前，我都是自己一个人走下来，从一个336分年级垫底的学渣，一步步成了600多分的学霸，而且要冲击清北。况且现在还有苏宇哲专门来帮我。

我坚信，办法总比困难多！

今天早上，苏宇哲来我出租屋的时候，带来了几张清单。

一进来他就告诉我，这几张清单，是他最近几天根据我三模考试的试卷，以及他让我测试的数学和理综卷，整理出来的知识漏洞清单，每个科目一张。每一项都写清楚了具体的知识点名称、存在什么问题，以及具体怎么去学习，而且细化到了每天要完成哪一些。如果一切进展顺利，我可以在高考前一周完成上面所有的任务，这样就能保证我上考场时，不存在任何知识上的漏洞。

看着苏宇哲精心做出来的知识漏洞清单，上面写得密密麻麻，非常仔细，照着做就可以，那一瞬间，我险些哭出来。

苏宇哲的这个知识漏洞清单非常细致，我一直都特别担心我知识上的漏洞，因为我是靠快速提分上来的，知识相当于是新学的，练习不够，基础不是太扎实，之前考试的时候也出现过问题。现在看完苏宇哲给的这张知识漏洞清单，我心里瞬间就有底了。至少从知识掌握这个层面，我高考不会有问题了。关于细节提分的30分，我踏踏实实按照这张知识漏洞清单做完，应该就没有太大的问题了。

不过，我也不敢太高兴，因为我知道，知识层面的内容好解决，因为知识点就在那里，就那么多；真正困难的是考试时的输出。因为考试能得多少分，它不是由知识学得怎样决定的，而是由考试的时候写在卷子上的答案决定的。所以，最后一个月，细节提分的关键是"考试输出"部分，这会是成败的一个关键。

85　外科手术式拿稳高分的精细诊断

2019年5月10日　　周五　　多云

这个月的细节提分学习，除了知识，就是考试输出了。也就是从考试做题的角度，保证把能拿的分拿稳，而那些不能完全保证拿分的题，则要尽量减少扣分。最终让整体得分最大化。

这个工作，需要分科目来精细进行。上个月的难点专题强攻，是提大分，可能拿下一个就能提十多分；细节提分，则是一分一分地抠，虽然"性价比"不高，但是又不得不这么做。因为不做，可能就是上985大学；做了且做到，就有可能上清北。高手之间的竞争，就在毫厘之间，偏偏就是这毫厘，需要付出很多努力。很多人不愿意为这毫厘付出，就会造成人生的差别，这个差别，有时候就会是云泥之别。

之前难点专题强攻的时候，我的关键提分科目是数学和物理，但是细节提分，重点科目变成了语文和英语。当然，其他科目也有一些小细节可以提升。

今天上午，苏宇哲给我带来了一份打印好的"杨婷婷细节提分诊断报告"。具体内容如下：

高考最后30天杨婷婷细节提分诊断报告

（含关键逻辑说明）

根据杨婷婷目前分数，总分659分，语文116分，数学135分，英语139分，理综269分，以及对其最近学习情况的观察，做出如下诊断和治疗方案：

首先，语文和英语是"考试输出"层面细节提分的重点。

（1）语文：达到125分，确保作文和主观题按照规范答题。

上顶级985大学还是清北大学，是由语文成绩决定的。因为数学和英语，大家都是140分以上，基本到顶，成败就在语文。语文成绩能上120分，你就能考上清北大学；上不了，你就上顶级985大学。

杨婷婷的语文成绩一直在110分以上，有时也能接近120分，但是从来没有超过120分。根据试卷分析可以发现，语文知识不存在特别明显的漏洞，但是主观题答题不规范，会有3~5分的丢分；其次，作文也因不清楚高考作文评分标准，从未超过50分，但行文本身问题不大，练熟高分作文模型，即可保证高考作文得分必在50分以上。

语文经过以上两个操作，便能保证在125分左右。

（2）英语：达到145分，保证客观题不失分，作文失分不超3分。

杨婷婷的英语成绩一直未超过140分。基于此前几次的试卷分析，目前来看，英语能力水平是足够的，但是不太精通英语解题方法，导致在客观题，即阅读理解、完形填空和短文改错中，每次考试失分8分左右，这是英语成绩的核心失分点。作文得分率较高，失分一直在3分以内，作文可以不用专门复习。

整体来看，英语强攻客观题的细节即可。不过，英语客观题要拿满分不容易，因为英语客观题量太大，做到全对非常难。可这就是要完成的任务，不然清北无望，望重视。

（3）理综：强攻化学与生物的细碎知识点，不留任何漏洞。

理综最后的测试已达到269分。根据试卷分析，物理经过几个月的强攻，可以说已经没有了提分空间。因为客观题目前几乎没有失分，大题在最难的那道题有少许失分，拿满分太难，这是正常情况，不影响考清北。

理综失分的问题，是化学与生物的细节失分。化学和生物虽然相对简单，但是知识点非常细碎，再加上题量较大，稍不留神就会失分。选择题一道好几分，大题中一个小点不清楚，就会引起失分。因此，理综是最容易在高考中出现所谓"发挥失常"的科目，必须小心。

整个理综的细节提分，核心是强攻化学和生物的细碎知识点，要做到不留下任何遗漏。这个部分在"知识漏洞清单"中已经全部列清，务必不打任何折扣地完成。

（4）数学：细节提分点仅剩压轴题，关键是圆锥曲线需要突破。

数学的情况已经非常清楚，除了最后两题，几乎没有提分空间，大题的答题步骤都非常规范，证明之前做了很多针对性练习。

对于导数大题压轴题，短时间内突破不太可能。因为需要大量刷题以及数学思维的提升，所以建议提前简单地学一些相关的高数知识，考试时直接解题。虽然会有扣分，但是能多拿3分左右，这也能弥补圆锥曲线最终不能突破而导致的丢分。

圆锥曲线大题，鉴于本人能力有限，暂未有合适的解决方案，目前正在研究中，若有新方案，届时执行。

诊断人：苏宇哲

2019年5月9日晚

看完这份诊断报告，我真是哭笑不得。我觉得他的理想专业，应该是清北的临床医学，外科医生的手术报告，估计都没他写得这么细致吧。

86 高考最后30天，细节提分怎么做

2019年5月21日　　周二　　多云

当高考只剩30天时，仅有的放松时间也非常短暂。

虽然有外科手术式的细节计划，还有苏宇哲的帮忙，但我还是遇到了困难，而且困难不是出现在理科科目，而是出现在语文和英语。直到现在，我才真正理解了为什么数学和英语区分了普通学生

和学霸，而语文区分了学霸和学神。

语文，我遇到的最大困难是作文必须上 50 分。苏宇哲告诉我，高考语文作文的阅卷规则是，每篇作文至少会由两位阅卷老师批改，如果两位老师的给分在阅卷组规定的合理分差内，那么二者的平均分就是最后的分数；如果不在规定的分差内，这篇作文将由系统直接推送给第三位阅卷老师。如果这三位老师中有任意两位老师给出的分数在合理分差内，则取二者的平均分为最终分数；如果三位阅卷老师没有哪两位给出的分数在合理分差内，可能这篇作文就会提交阅卷组进行评分了。

高考作文阅卷是一个非常精确的过程，每位老师必须严格按照评分标准来，没有太多主观意愿发挥的空间。如果哪位阅卷老师和其他老师的分差总是不在合理范围内，那么这位阅卷老师就很有可能会被认定为不合格，严重的话，可能会被取消阅卷资格。这对阅卷老师来说，会是一件很没面子的事情，可能还会成为他职业生涯的一个污点。

苏宇哲告诉我，高考语文作文的阅卷流程，具体是这样的：

首先，老师会根据作文的主题和结构来判定你的作文属于哪一档。你的主题需要符合作文题目的要求，而且清晰明了；你的文章结构要能逻辑清晰地表达出你作文的主题。如果这两点同时做到，你的作文基本就是在一类文了，也就是 45—54 分这一档；如果你在某方面或者两个方面没做到，那么就会是二类文、三类文等。每一档作文会对应具体的得分范围。

接着，阅卷老师会再看你整篇文章的字词句，也就是真正的语言文字功底。如果不错，那就能拿到这一档中的高分；如果中等，当然就是中间；如果不好，那就是这一档中比较低的分数。但是不管你在字词句上做得如何，你的作文得分也不会低于这一档的最低分，但也不会高过这一档的最高分。

而我之前的作文，一直在45分左右，从来没有超过50分，那就说明，我的作文并不能保证一定在一类文，而且即使在一类文，也属于比较一般的一档。

这个问题难倒了苏宇哲，因为要想考上清北，我的作文必须达到一类文，而且是一类文中中等以上的水准。

达到一类文，这个容易做到，毕竟我存在的问题也不大，再加上苏宇哲带着我审题，怎么确定主题，怎么搭建文章结构，我很快就做到了。但是，达到一类文中中等以上水准，需要扎实的语言功底和丰富的素材积累，这方面不可能在短时间内完成。

后来，苏宇哲想了一个办法，他把高考作文给我分解出来10个关键得分点，包含新意标题、引述式开头、金句式论点、辩证结构、联系自身和结尾排比等。基于这10个关键得分点，苏宇哲做成了作文模板，再让我根据这个模板，直接进行写作，也就相当于做填空题，而不是真正创作一篇作文，这样就保证了我一定能拿到50分以上。当然，经过几篇文章的刻意练习，我现在对高考作文拿50分以上已经胸有成竹。

其实，这10个关键得分点，苏宇哲之前自己并没有总结过，因为对于他来说，这些内容已经自然而然深入脑子了。他是专门为我总结的。

我的英语遇到的问题也不容易解决。英语阅读理解和完形填空这些题的解题技巧，在得到苏宇哲的帮助后，我能做到不失分了，因为本来失分也不多。但是我在 10 分的改错题上遇到了困难。这道题，是一篇文章中有 10 个错误，每个错误 1 分，需要把错误都挑出来并加以改正。但是不管我怎么做，哪怕是把各种英语细节大筛查式地查漏补缺，还是会有 1—2 分的失分。

　　正当我和他一筹莫展时，我想到那么复杂的物理题，他都能总结成几个典型的题型，那是不是也可以通过归纳题型的方式，来进行穷尽式总结呢？

　　我这么一说，还真启发了苏宇哲。他马上想，是不是英语改错题的错误类型，也可以穷尽式地总结？于是，我们拿出最近五年的高考真题，还有各地的高质量模考卷，我们惊讶地发现，高考英语改错题，只出现过 8 种错误类型。我又做了几道题，结合标准答案来看，果真如此。

　　有了这个结论就好办了。之后再做英语改错题，第一遍我直接能改出 8—9 个，这是我绝对有把握的。剩余的 1—2 个错误，我就直接和这 8 种错误来做比对，这样就很容易找出剩余的错误了。找到这个方法后，我又练习了十多篇改错题，再也没有丢过分。

　　不过，虽然这些问题都解决了，但我们还有数学圆锥曲线的问题没有解决。这是我最终能不能上清北的关键。但是现在距离高考的时间越来越近，而且苏宇哲想了这么久都还没有找到解决方案，足见难度之大。

87 对高考最后一个难点的攻坚战

2019年6月6日　　　周四　　　晴

今天是高考前的最后一天，但我还是没有攻克圆锥曲线这道大题。这个月其他的细节提分任务都完成了，而且通过最近这一周的突击练习，我在高考前最后一周进行的模拟考试上，除了数学没上140分外，其他科目的分数，都达到了之前定下来的考清北的标准。

明天就要参加高考了。学校里，高三的同学昨天就放假了，学校让大家好好休息，保证高考两天有最好的状态。

但是我没有休息，一是我的学习任务排得很满，到昨天晚上才真正做完；当然，还有另外一个重要原因，就是圆锥曲线问题还未解决。

今天上午，苏宇哲一大早就来到我的出租屋，我们计划专攻圆锥曲线这个难题。但整个上午过去了，我们没有特别的进展。

吃过中午饭，我和苏宇哲本来打算继续研究。

我想着，要不然就听天由命吧。于是，我提出出去走走。

苏宇哲拒绝了我的提议，他还是希望我抓紧最后半天，从最基础的地方开始，再给我从头到尾讲一遍圆锥曲线，万一我懂了呢?

苏宇哲最终没有拗过我，我们来到县城的小河边。走在河堤上，我对苏宇哲说什么，他都是简单地点头。只有我先说话，他才会开口。

我开玩笑逗他，让他别想了，万一等下办法自己直接跳出来呢？但看得出苏宇哲还很不甘心，他恨不得钻到我的脑子里，把知识全部复印给我。

本来我们就预留了 10 分的分值富余，而且也确实只有 50% 的概率考圆锥曲线。

更何况我也简单地学了一下高数，说不定能做出来。

我们走过长长的河堤，聊了好多好多的话。

那一刻，我多希望时间静止。

落日余晖下的桥、船、欣赏风景的人，还有软软的风，都是那么美好。对着夕阳，苏宇哲为我祈愿，希望我高考顺利，希望数学压轴题遇到的是解析几何，而不是圆锥曲线。

可是，回到出租屋的我，并没有那么乐观。于我而言，每一分都至关重要，一分都不能轻易丢掉。苏宇哲已经帮助了我很多，我并不希望他为此忧愁。虽然表面上是我在安慰他，但我的心里很慌张，毕竟我太清楚在高考的战场上，一分意味着什么。想到这儿，我整个人很焦虑，就连手里的笔都要被我给掰断了，脑子里不断地闪过没考上的画面。

越想脑子越乱，我冲到厨房，打开冰箱，拿出一瓶冰可乐，一饮而尽，再次回到书桌前，整个人才稍微冷静下来。

望着窗外夜空中那一闪一闪的星星，我只能祈祷，明天高考，祝我好运！

第十九章

惊险紧张的高考两天

我翻来覆去几乎没怎么睡，一方面是身体难受，另一方面是担心明天的考试。

88　高考当日遭遇暴雨和迟到

2019年6月7日　　周五　　大雨

　　似乎每年的高考都要下雨，亘古不变。今天也是如此，忽然就下起了暴雨，我的考场并不在自己的学校，而是在另外一所学校。

　　妈妈昨晚就过来陪我，今天早上和我一起去考场。早上6点半，妈妈就起床给我做好早餐。本来，我是计划7点半起床，但天公不作美，加上高考前的紧张，昨晚翻来覆去没怎么睡好，我们还是决定早点出门。

　　谁承想一出门，这暴雨比我们想象的更大，我和妈妈在暴雨里撑着伞等出租车。可是，根本就没有出租车，即使路过几辆，也都载着人。

　　开始，我和妈妈的心态都还好，心想怎么着也能坐上出租车。可是，时间一分一秒地过去，我们等了快20分钟了。语文考试是上午9点开考，留给我们的时间不多了。

　　雨不仅没有停下来的意思，而且还越下越大，我们撑的伞根本挡不住。我把我的书包紧紧地抱在胸前，避免淋到雨，里面放着我的准考证等重要的东西。为了保护好它，我的身上都有些湿了。

　　我和妈妈开始着急，必须另外想办法了。妈妈说要给爸爸打电话，让爸爸开车来接我们去考场，实在不行再打电话给110，这是最后的一丝希望。其实昨天晚上妈妈就告诉过我，爸爸上午有一个很重要的述职会，这个述职会他准备了快半年，决定着他是否能升职，也直接决定着他接下来的发展。

妈妈的电话还没打出去，就接到了爸爸打来的电话。原来，爸爸看下了大雨，便问妈妈我们是否到了考场。

我们家离一中不是太近，大约20分钟，爸爸开车到了。我看了一下时间，现在是8点25分，我们还有35分钟时间。

爸爸马上招呼我们上车，我也顾不得和爸爸的那些隔阂，和妈妈赶紧上了车。

坐上车，我长舒了一口气。妈妈让我在车里闭目养神一会儿，因为早上起得有点早，而且刚才一直又很紧张。

刚过一会儿，爸爸的车突然停住了，原来前面是一段低洼的路，雨实在太大，路面已经积水，过不去了，现场拉起了警戒线。

这个地方是必经之路，我们必须从这里过去。我看了一下时间，现在是8点38分，距离开考只剩22分钟了，而我们目前只走了一半的路程。

爸爸马上叫我背好书包下车，他决定背我过去。

在这段积水路段边上，有人行道，比较窄，但是位置更高，虽然泡了水，但是有人正从上面走过，说明可以走过去。

我和爸爸说，不用背，我自己可以走过去。爸爸不同意，说你脚上打湿了，今天还怎么考试？快点。爸爸已经俯下身子，像一张弓，命令我马上上来。妈妈也在一旁催促我。

已经没有其他办法了。我不得已趴到爸爸的背上，妈妈举着伞给我们挡雨。

爸爸背着我，一步步艰难地往前走。不知道为什么，这会儿雨下得更大了，还夹着大风。虽然有妈妈撑着伞，但是爸爸基本上全在雨里淋着。

可爸爸一直交代妈妈给我打好伞，别让雨淋湿了我。

那一瞬间，泪水不争气地在眼里打转，滑落到脸上，夹杂着雨水，落到爸爸的肩头。我分不清雨是咸的，还是泪水是咸的，这一刻，虽然是狂风暴雨，高考也马上就要开始，也不知道过了这段路后怎么到达考场，但趴在爸爸背上的我，心里却特别踏实。猛然间，我看到爸爸两鬓已经有白发了，那一刻，从前与爸爸之间的种种不快，好像都释怀了。我想到了小时候，爸爸背着我到处玩的画面，是多么的美好啊。

这段路不长，大约200米的距离，但是很难走。我能感受到，暴风雨中，虽然背着的我不到一百斤，但已近50岁的爸爸，每走一步都特别艰难。

终于走完了这段路，当爸爸把我放下时，我看到爸爸非常缓慢地、一点一点地直起了腰。这么久以来，我都没有好好看过爸爸，他似乎真的老了。"谢谢"两个字到了嘴边，我还是哽咽得说不出口。

现在已经是8点48分了，距离开考只剩12分钟了，我们还不知道怎么到考场。

这时，我接到了苏宇哲的电话，他问我到哪里了，我简单地和他说了一下情况。他让我别着急，看能不能找到骑电动车或者摩托车的人，把我送到考场。

我挂了电话才发现爸爸已经骑上了一辆小电动车，来到了我的身边。爸爸找路人借了一辆电动车，和对方说了要送孩子参加高考，好心的路人马上就同意了。

我坐到后座上，举着伞。爸爸马上启动电动车，重新出发。留在原地的妈妈只能不停地交代我们一定要小心，注意安全！

老天爷好像故意要和我们作对，雨越下越大，风也越来越大，我的伞都快被掀翻，完全撑不住。路上的积水也越来越多，电动车的速度比走路快不了多少。但是，我们只能前进。我也不敢看时间，也没法看时间。

紧赶慢赶，我们到达了考点门口，几乎同时，我听到了开考的铃声。在门口等候的苏宇哲马上冲过来，告诉我考试铃刚响，还来得及。

我来不及和他多说什么，看了一眼爸爸。他全身都湿透了。我抓起背包就往考场跑，身后的爸爸还在对我大喊：加油！

89　我高考语文的真实经历

2019年6月7日　　　上午　　　中雨

高考第一场语文，当我走进考场时，已经迟到了8分钟。

我坐到座位上，先连续做了好几次深呼吸，拼命让自己平静下来，快速进入考试状态。

等我真正开始做题的时候，15 分钟已经过去了。

我还是按照最后阶段苏宇哲给我模拟考试训练的那样，先扫了一遍整张试卷，对试卷上的题目有了一个大体的把握，才开始做题。

我花了 3 分钟左右扫完所有题目，还好，题目中规中矩，我一下子安心了很多。

然后，我开始集中精力做题，可还没做几道，我就觉得要出事了。

因为，我开始感觉身体一阵发冷，一摸额头，有点发烧，但还好，不是太严重。

毕竟现在是高考，没办法管这么多了，就算发烧，也得坚持下去。

可当我接着往下做题时，忽然感觉肚子一阵抽疼，不是那种拉肚子的疼，而是女孩子每个月都会体会一次的疼。

本来我的生理期应该是 3 天后，或许是因为刚才一直很紧张，加上又淋了雨有点着凉，日期便提前了。

之前妈妈就劝我吃药去推迟生理期，确保高考两天的身体状况。但是我拒绝了，我担心药物带来的身体反应可能适得其反。所以，我给自己准备好了各种药包，止疼的、提神的都有，我赶忙吃了一片止疼药。

不过，我知道高考这两天我不会好过了，因为每次生理期的前两天我都会非常难受。如果今天是第一天，那明天我将会更加难受。

好在语文题比较中规中矩，没有太多创新题，都是训练了很多次的。虽然有身体的影响，但是都做了下来。真正的问题是，我的时间不够，前面耽误了 15 分钟，而我平时语文考试也就能多出来十来分钟，一般是用来检查。

等我该写作文时，就只剩下 40 分钟了。而按照我以往正常的语文做题节奏，到写作文时，还会有 60 分钟左右的时间。

我快速看完作文题目，确定好主题，搭好结构，按照苏宇哲给我总结的 10 个关键得分点，把之前准备的合适的素材往作文里套。这些都是苏宇哲让我准备的万能作文素材，遇到不同的主题，可以从不同的角度进行使用。

正在我集中全部精力写作文的时候，监考老师提醒大家，只剩 15 分钟了，而我还有大约 1/3 没有完成。

这一刻，我做了一个决定：不写作文了，先检查前面。毕竟前面的题目是决定语文得分的大头，如果错误太多，那语文拿高分就完全没戏了。

当我完成检查和涂卡，就只剩 5 分钟了，但我还有大约 200 字的作文没有写完。

那一刻我特别紧张，只能拼命地写作文，还不停地看时间。我必须卡在最后还有 30 秒的时候停止写作，留下最后 30 秒，写完作文的结尾。

苏宇哲告诉过我，如果语文作文写不完，字数不够，比如少 100 字，而文章结构都是完整的，扣分就不会太多。但是如果没有结尾，就会扣很多分，因为这是文章结构缺失。

在最后还剩 30 秒的时候，我还缺大约 100 字。我快速另起一行，把作文的标题直接抄写上，作为结尾。因为这是点题，也是首尾呼应，再次突出主题，当然，这种办法也就是聊胜于无。苏宇哲给我的 10 大关键得分点，结尾的部分，我没有做得太好。

语文考试结束的铃声响了，我放下了笔。这个时候，我才重新感觉到身体的疼痛。刚才最后几十分钟，因为实在太过紧张，我都忘记了身体的疼痛。

糟糕的语文开局！

我希望下午的数学会好一些，但数学的圆锥曲线题目，也是一个我没有越过去的坎。加上这会儿越来越糟糕的身体情况，我真的只能听天由命了。

不知道为什么，一想到这些，我居然没有非常难受和不甘，更多的是无可奈何。

90　高考第一天中午，我难受到吃不下饭

2019年6月7日　　中午　　多云

我捂着肚子从考场出来时，看到了正在等我的苏宇哲和妈妈，大志和小林也在旁边。

看到我的样子，只有妈妈察觉出了我的问题，但她没有多说什么。

对于语文，我只能说勉强做完了，没有空题，而且作文没写满800 字，可能成绩不会太好。

不知道为什么，那一刻，我忽然一把抱住了苏宇哲。

苏宇哲也只是拍着我的后背，让我不要管考完的科目了，抓紧

回去休息。

我松开苏宇哲，看向妈妈，还有大志和小林。就在我和妈妈眼神对视的一刹那，妈妈露出了一丝不易察觉的表情，但她也只是拍拍我，让我赶紧回去休息。

虽然苏宇哲和妈妈说的话都有道理，可我心里清楚，能否考上清北，不是由其他科目，而是由语文成绩决定的。因为顶级学霸的竞争，就是语文的竞争，谁语文分数高，谁就能上清北。而其他科目，大家都能考出接近满分的成绩。

尽管我心里这么想，但是我没有表现出来。我们来到提前预订的酒店，酒店的餐厅还特意为考生们推出了一些清淡的食物。

但可能是因为身体太难受了，我没什么胃口。妈妈替我打来一碗热粥，苏宇哲则抓紧时间给我讲起了圆锥曲线的题——他想到了一个能拿分的方法。

我强忍着吃了几口粥，苏宇哲抽空从他的背包里拿出练习册，要给我讲圆锥曲线的题。

苏宇哲把圆锥曲线的大题、最近10年的高考题，还有近10套模考题都仔细分析了，发现高考圆锥曲线的出题方式一共有6种，只需要明白这6种出题方法，就能把题目做出来。如果今天下午数学是考圆锥曲线的大题，就看是哪种出题方式，再用对应的方法来解就行。

我一边吃饭，一边听苏宇哲给我讲这6种出题方式和对应的解题方法。虽然我的理解比原来好些了，但还是不太明白。

苏宇哲稍微停了一下，让我直接把这个解题过程给记下来，像背课文那样。等下吃完了，先好好睡一会儿，然后再起来接着背，一直到考试前，都一直背——用这种最傻的方法。

我明白了苏宇哲的意思，快速吃了几口。我一看我面前的粥，居然被我吃了一半多，我的精神似乎也稍微好了一些。

妈妈一直在旁边看着我们。我吃饭的时候，她也一直帮我拿水递纸巾。虽然我的身体很难受，但心里感觉很温暖。

吃完饭，我便马上躺下睡觉，我知道，休息好是眼下最重要的事。

下午数学考试是3点，我睡到下午2点就被妈妈叫醒了。醒过来后，我感觉身体舒服了很多，当然，还没有恢复到正常状态。

从床上起来后，我马上开始背苏宇哲总结的圆锥曲线6类题型及对应的解题思路。

在去考场的路上，我也一直在背，想尽可能地多记住一些。

91 我高考数学的真实经历

2019年6月7日　　下午　　晴

我拖着难受的身子，在考前最后一秒，还背着圆锥曲线的解题思路，就这样开始了下午的数学考试。

卷子一发下来，我先迫不及待地去看了倒数第二题，果然是圆锥曲线题。我看了一下题目，不能确定是苏宇哲总结的6种题型中的哪一种，我的心跳不自觉地加了速。

我告诉自己，不能让这道题影响了自己的状态，一定要稳——我强迫自己深呼吸。大约经过 5 次深呼吸，我终于平静下来，心跳的节奏也恢复了正常。

接着，我按照惯例，先扫了一遍所有题目。我发现今年的数学卷整体难度高过往年，而且创新题型比较多。

难度较大的数学卷对我是不利的，因为难就意味着简单题变少，综合题变多。毕竟我不是学霸，我的水平，也就是刚刚够用的状态。我在高考前才刚刚完成了学习任务，很多知识点都还没有经过太多的练习，更没有进行高难度的练习。所以，难题变多，很有可能会让我的失分率大增。

苏宇哲之前和我说过，上了考场，不管题目难不难，就只管让自己的得分尽量最大化，因为难易对每个人都是一样的，大家最终比的是分数的高低。难，大家分数都低；简单，也不能掉以轻心，因为大家都觉得简单，分数就会水涨船高。

我希望提高做题的速度，给最后两道题留多一点时间，因为我必须拿到一半多的分数，这样我的数学成绩才能上 140 分。况且，我的语文发挥得并不稳定，作文也没有写完，一定会被扣分，所以，数学的每一分我都势在必得。

可是并没有那么顺利，选择题和填空题比以往的高考数学题难一些，不过好在这些题还没有超出我的能力范围，虽然也有一些小坑，但被我识别出来了。不得不说，苏宇哲最后给我列的知识漏洞清单，还是非常有用的，因为有两个小坑，都出现在我的知识漏洞清单上。

虽然我能做出来这些选择题和填空题，但毕竟难度更大，计算量也更大，我的速度并没有提上来。当我做完选择题和填空题，已经过去了快一个小时，这比我平时慢了至少20分钟。

不过，慢了这20分钟我还不怕，因为在最后阶段，我的数学已经训练到可以在1.5个小时内做完，通常是选择题、填空题半小时，大题1个小时。现在我还剩1个小时来做大题，时间刚刚好。只是这样下来，我就没有时间检查了，而我平时是有20—30分钟进行检查的。

进入大题部分，我没有慌。此刻，我好像忘记了身体的疼痛，或者说我已经来不及感知身体了，我的所有注意力都在试卷上。

很快，我按照比平时更快的速度完成了前面4道大题，一共花了30分钟。来到最后两道大题时，还剩30分钟。

我要做一个选择，先把能拿到的分数拿到。我发现，这两道题的第一问虽然也有难度，但我还是能做出来；第二问难度很大。于是，我快速地先完成了这两道的第一问。

这个时候，我没有马上去想这两道题的第二问，而是仔细地又看了一遍前面的选择题和填空题，把选择题的答题卡给涂了，填空题的答案也填到了答题卡上。

做完这一切，我还有10分钟，还剩最后两道题的第二问没有做，每一问都是5分，刚好10分。

我知道这10分很重要，有可能直接决定我能不能上清北。

我又仔细看了一遍倒数第二道大题的第二问，也就是圆锥曲线大题的第二问。我还是没有看出来这是苏宇哲给我总结的 6 个类型中的哪一类。

我心里有点慌，但我尽量控制住自己，开始思考最后一道题的第二问。我发现以我高中数学的知识，不是太有办法，因此，我马上开始用苏宇哲教我的高数知识来思考。谢天谢地，真的被苏宇哲说中，这道题果然可以用高数知识来进行解答，而且过程并不复杂。我顾不上用高数知识来解答会不会扣分，尽可能得分才最重要。有了思路，写起答案来就很快，等我写完答案，还剩下 5 分钟。

最后 5 分钟，我不想放弃，再次回到圆锥曲线这道题的第二问。我先深吸了一口气，再认真分析。果然，这道题属于苏宇哲给我总结的 6 种出题思路的第 3 种，只是它设置了一个陷阱，导致考生不容易看出来。

找到了类型，我长舒一口气，还剩 3 分钟。我把我背的解题思路套用到了这道题上。我来不及理清思路了，只能一边解答，一边理。卷子上我写的答案就是我的理解过程，我知道这样写肯定会被扣分，但我管不了那么多了，就是疯狂地写，直到最后交卷铃响，我也几乎同时写完了我的答案。

我不知道最后两道大题我到底能拿多少分，但是我已经尽了我的全力。

高考第一天的两科就这么结束了，留下了很多未知。

晚上，妈妈一直陪在我身边，爸爸也来看了我。而我什么也没做，就是躺在酒店的床上昏睡，因为我的身体状况越来越差，这也符合我每次生理期的正常发展轨迹。

我翻来覆去几乎没怎么睡，一方面是身体难受，另一方面是担心明天的考试。

92 我高考理综的真实经历

2019年6月8日　　上午　　晴

不知道是因为身体难受，还是因为高考紧张，我差不多天亮才睡着。

简单吃过早餐，我就昏昏沉沉地进了考场，开始第二天的考试。

因为生理期的原因，喝热水能好受一些，苏宇哲昨天晚上特意去给我买了个保温杯。

上午是理综。理综是我比较有把握的科目，虽然之前一直觉得物理很难，但是后来在苏宇哲的帮助下，我攻克了这一科目。之前，我给自己定的目标是280分，但现在，我希望能多拿一些，毕竟语文明显存在丢分，数学最后两道大题也会被扣分，我还是希望后面的考试每一分都要争取。

试卷发下来，我一看，好多新题型，顿时头皮一阵发麻，但也只能硬着头皮往下做。

虽然身体难受，但我还是强忍着，不停地喝热水来缓解疼痛。

然而，当题目做到一半时，我忽然感觉到一阵异常的难受。我知道，自己不能再这样硬撑下去了。于是，我举手和监考老师说，我要睡一下，让老师 10 分钟后叫我。

我太困了，而且身体很难受，只能用这个办法来缓解。我刚一趴下就睡着了，可能是太困太累了。

10 分钟后，我被监考老师叫醒。果然，身体舒服了很多，脑袋也清醒了很多。我趁着自己状态好了一点，快速做题。对于没有思路的新题型，我先放下，留到后面做。

对一道题没有思路时，或者两个答案无法确定哪个正确时，就需要仔细思考出题老师想考什么。通过思考出题老师的出题思路，就能找到解题突破口，继而找到解题思路。因为，这种题通常都是纸老虎，只是披了一层看起来很难的外衣。

对于新题型，多数可以用这样的方法解决，只是这个思考过程，需要静下心来，而且要摒弃自己的主观思想。因此，我就把这些新题型都留在了最后。

我完成了所有能直接做出来的题目，还剩 40 分钟，我还有 2 道大题和 2 个选择题，需要启用"出题人思维"来进行思考。

我闭上眼睛，深吸了几口气。这是我进入"出题人思维"的惯用方法，因为我需要这样一个小小的仪式，切换自己的思维状态，把自己假想成出题人。

果然，按照这样的方法，我连续完成了 2 道存疑的选择题和 1 道大题。

还剩 15 分钟，我准备突击剩余的 1 道新题型大题。

虽然按照"把自己假想成出题人"的方式，我很快知道了出题老师到底想考什么，有了解题思路，但问题是这道题考查的知识点实在太综合了，电学、电磁学、力学、运动学等都被综合进去了，比我平时做的题都还要复杂一些。

如果我身体状况不错，时间充裕，我还是有信心能把这道题做出来的，因为它的确是典型的物理题，不是难在深度，而是难在综合。

做这道题的时候，我变得非常认真加小心。解题过程很复杂，稍有不慎，就需要推倒重来；或者前面有小错误，后面就无法进行；再或者但凡哪一个知识点出现问题，就会导致全盘皆输。

但我不能放弃。我想起苏宇哲对我说过，遇到这种综合性很强的题目，就要静下心来，在草稿纸上仔细地把复杂的问题拆解成一个个小问题。如果能理顺思路，那就一步步地做出来；如果不能完全理顺，那就按照自己的理解，把拆成的小问题的解答一点点地写上去，这样基本上能拿到一半以上的分数，因为理科大题，是按照步骤给分的。

我努力了 5 分钟，还是没能完全把思路理顺。只剩下最后 10 分钟了，这道题有 20 多分，我必须开始写答案了。

我按照自己的理解开始写解答，比较幸运的是，第一问，我在写的时候忽然想明白了。

但是后面两问，我没能完全理顺，只能按照自己的思路去写了，勉强把自己知道的都写上去了，几乎是和数学圆锥曲线那道题情况一样。在响铃的那一刻，我放下了笔。

93　我高考英语的真实经历

2019年6月8日　　下午　　晴

考完理综，我还是马上回到酒店休息。但是休息结束后，我的身体并没有好转，可能是被消耗得太严重了，导致越来越难受，而且还有点发烧，全身无力，精神非常萎靡，甚至眼睛都不能长时间睁开。

我实在是太虚弱了，是被大志和小林扶着进考场的，而且整个全程，我几乎一直闭着眼睛，我希望能节约一些身体能量。因为接下来两个小时的英语考试，我必须坚持住。我感觉自己很难做到。

英语考试开始了，好在听力不计入成绩，我干脆就没有听，一直在闭目养神。

接下来，我正式开始做听力后面的题目。英语的小题太多了，而且考点都非常细，需要高度集中注意力，如果不注意，每道题目都错一点，分数就很容易滑落到140分以下。如果到140分以下，基本上清北也就没戏了。

我也不知道自己是怎么扛过这场英语考试的，甚至到现在都不太记得整个英语考试的过程，有点感觉像在梦游，感觉自己整个人都在飘。

如果说英语考试中，我有什么记得特别清楚的事情，那就是我每做完一道题，比如一篇完形填空，一篇阅读理解，我都让自己完全闭上眼睛，闭目养神一下。因为就在这个瞬间，我感觉自己会稍微轻松一些，而对于其他的记忆，都是模糊的。

交卷后，我整个人完全瘫坐在了考场的座位上。

监考老师被吓到了，马上打电话叫来考场医生。我能听到医生在叫我的名字，但是我没办法发声回应。

医生给我做了简单的检查，马上叫来了救护车，把我送到了医院。

而妈妈、苏宇哲，还有大志和小林，随后也都赶到了医院，爸爸也赶来了。

不过还好，我没有生什么病，只是刚好生理期，淋了雨，有点感冒，高考这两天又高度紧张，身体耗能太严重，再加上没吃什么东西，现在一松弛下来，人就立马垮了。之前真的就是靠一口气，靠意志撑着。

我在医院住了一晚，医生给我补充了一些营养液，我也在医院睡了一个好觉。

高考就这样结束了，留下了无尽的不确定。似乎一件事情结束之后，就如同一场梦，不管结果如何，都过去了，留给人的只剩下空壳。

第二十章

我这个学渣考上清北了

所以，有梦想就去追！不用管眼前有多少困难，只要你愿意拼尽全力，这些困难都会一个个被解决，而你的梦想，最终也会实现！

94 高考估分结果让我很无奈

2019年6月13日　　星期四　　晴

高考结束后，我对自己考上清北基本上不抱太大希望了。当时身体状况太糟糕了，虽然语文、数学和理综这三科勉强做完了所有题目，但英语就是一个梦游的状态，肯定有很多自己不知道的错误和失分。

考完的那几天，我整个人都是无知觉的状态。因为真的不甘心，付出了那么多，居然败在了大雨上，败在了身体状况上。

南方6月的天，大都是那种热到炸裂的晴天，太阳无比刺眼。但是此时的我，觉得天空是灰色的。

当大志和小林要回北京继续进行游戏训练时，他们来和我道别。我看着他们，不知道该说什么，而他们的脸上也充满了落寞和无奈，大志甚至提出要请假，先不回北京了，陪我出去玩两天，被我拒绝了。

高考一结束，很快就可以对答案估分了。我一直不想对答案，但是苏宇哲坚持让我来对，我没有办法。高考后的第五天，我同意了，毕竟他也为我付出了那么多。

然而，估分的结果有些出乎所料，好像有另一种可能存在。

我们是按照高考的考试顺序进行的估分。我的语文、数学和理综发挥得还算好，除了考试的时候难倒我的那些题，语文作文会有一些扣分，其他题目该得的分都得了。也就是说，身体的原因对我没有造成太大影响。而且我们定目标的时候，也留了 10 分的余地，所以，这三科还在可控范围之内。

到英语就出问题了。我自己有印象的题目，已经有好几题错了，还都是一些非常不应该犯的错误，但我身体状况太差了，实在没有办法。而我没有印象的题目，就更不知道对错了。所以，我当时对英语的估分是在 125—135 分之间，留了 10 分的分差。

我们当时对每科的估分如下：语文 118 分，数学 142 分，英语 125—135 分，理综 280 分，总分 665—675 分之间。

当我们计算出这个分数后，我整个人崩溃了。这个分数太尴尬，太让人难受了，再少一点也好，再多一点也好，最不应该的，就是这个结果。

因为去年清北的分数线是 682 分，而今年的确试题难一些，主要是数学和理综这两科比往年难。苏宇哲和老师都估计，今年清北的分数线应该会比去年低 10 分左右。

如果今年降分，而我的英语又拿到了最理想的 135 分，那么我可能就与清北线擦边，可能会差一两分，也可能会多一两分，当然，也可能幸运压线。如果我英语低于 135 分，那我就肯定与清北无缘了。其实也就差 10 分，但我英语考试时梦游的状态，很可能就葬送了我的清北梦。

估完分之后，我的情绪进入了一种更不好的状态，每天都在焦虑，一遍又一遍地回想我英语考试的情景。

这段时间苏宇哲也时常找我，希望和我一起出去走走，陪我散散心，但是我都拒绝了。我就一个人待在家里，我实在不知道该怎么面对这个世界。

95　高考出分前后的惊心动魄

2019年6月26日　　星期三　　晴

今天是高考出分的日子，终于等来了这一场世纪大宣判。

我很想知道最终的结果，但是又不敢知道。想知道，是因为我还有那么一点上清北的可能；不敢知道，是因为按估分的情况，我大概率会输。

根据省教育考试院公布的时间，今天下午3点可以开始查询分数。我从今天早上开始，整个人都很焦躁。在家里，妈妈一直陪着我，和我一同等待着。

还没有到下午3点，中午的时候，我接到了班主任给我打的电话。班主任张老师很激动地告诉了我成绩：总分671分，全校第3名，语文119分，数学141分，英语129分，理综282分，这个分数和我的估分基本一致。张老师还说，如果不是因为我高考的时候身体出现状况，可能全校第一名就是我了。

听到这个消息，我呆呆地站在原地不知所措，就连妈妈在旁边焦急地呼喊我，我都没回过神。没想到，我不敢面对的结果，就这样来到了我的眼前。可是这个成绩，还是很尴尬啊，可能就差几分不能上清北啊。张老师在电话那头的喊声把我拉回现实，因为有些特殊情况，需要我马上去学校一趟。

急匆匆出门的时候，我把成绩告诉了苏宇哲，让他也去学校，而妈妈也第一时间把消息告诉了爸爸。正在上班的爸爸马上答应下来，请假赶往学校。

在办公室里，我们见到了焦急的班主任和校长，他们神情凝重地来回走动，整个办公室里弥漫着紧张的气氛。

张老师见到我们，很客观地告诉了我们情况：就我的这个分数能否上清北还无法确定，因为目前查到的分数都是裸分，但是清北会有一些专项招生政策，另外，有些高分考生会有加分。

校长在一旁插话道，目前我们学校的前三名都有可能上清北，分别是 673 分、672 分和 671 分，每一名之间的分差都只有 1 分。根据大家共同的判断，这三位同学应该都卡在分数线边缘。清北的分数线对我们三个人来说太重要了，真的就是失之毫厘，差之千里。

第一名和第二名的同学也都来到了办公室，另外两名同学是其他班的学生，也一直都是排在苏宇哲后面第二、三名的学霸。他们看到我时都很惊讶。他们没有想到我是第三名，也和他们一样有可能上清北。

根据校长的了解，我们全市各个重点高中的分数，包括隔壁几个县，大家今年的分数都不是很高，目前最高的只有一个，689 分，其他的都是 670 多分，超过 680 分的同学很少。所以，我们都还有机会。

我们都只能焦急地等待，所有人都沉默不语。

下午 3 点，我们马上开始查分，因为人太多，网站根本登录不上去。虽然我们三个人都已知道了分数，但我们还是很想登上网站，因为可以看到我们的全省排名。

现场的人，都在通过各种方式查分，手机、电脑、平板，什么工具都用上了。最先查出来的就是我，全省第 75 名，很快，另外两位同学的也查出来了，分别是第 66 名和第 71 名。

查到这个名次，我似乎看到了希望，因为每年清北在我们省招 100 人左右，这个人数不会有太大的变化，今年也会差不多。如果靠裸分排名，那我是可以上的。

但是的确很多高分考生都会有加分，比如，我们学校第一名的这位同学就有 5 分的加分，所以，他最终的档案分是 676 分，比我多了 7 分。这一点会增加我的不确定性，因为我曾经是学渣，没有其他的优势，是没有加分的。

在我们查分期间，校长已经联系了清北大学招生办的老师，并带回了激动人心的消息，那就是我们三人都有很大可能被清北大学录取！

原来，清北招生办已经从省教育考试院拿到了全省档案分前 200 名的排名，我们三个都在 90 名以内，校长特意确认了我们三个人的名字。而今年清北在我们省招 106 人，所以，我们大概率都能考上清北，只要我们不填报其他院校的志愿。

那一瞬间，整个办公室里的人都欢呼了起来。我本能地转身想抱住苏宇哲，却被身边的妈妈拉进了怀里，苏宇哲伸出的手僵在了原地，变成了为我鼓掌的动作。我看向站在妈妈身后的爸爸。我第一次看到他红着眼眶，对我竖起了大拇指。这一幕，我似乎曾在梦里见过，很模糊，可现在如此真实地出现在我眼前，这一刻，我控制不住地放声大哭起来。

我抑制不住情绪，冲出了办公室，冲着操场大喊起来："学渣也有梦，也能上清北，我证明了！啊！啊！啊！"

而我身后的人，不停地在为我鼓掌，那感觉就像在做梦一般，却又如阳光般炙热、真实。

96 被清北抢是一种怎样的体验

2019年6月28日　　星期五　　晴

当确定我可以上清北后，这两天就是面对各个亲戚，还有爸妈同事、朋友的祝福了。

当然，大家除了祝福以外，也都很惊讶。毕竟大家之前从来没有听说过我读书成绩好，这怎么就突然考上清北大学了呢？

到底是"魔鬼老张"带出来的班，这次高考，我们班里整体都考得不错。我们班有接近20名同学能上211大学，这比例应该是全校最高的；而且班级一本率也比全校整体的一本率高出了好几个百分点。

马妮然考了630多分，我们班第七名。我挺为她可惜的，她如果能把质疑我的时间花在学习上，至少能多考20分。结果现在，本来班里前五的成绩也没有保持住，被我还有其他进步了的同学超越了。

不过，前几天大志和小林告诉我，马妮然决定复读了。因为我最终的高考成绩，证明了我并没有作弊，成绩是真的可以提高那么多。她觉得既然我都能考上清北，她成绩本来就那么好，又有什么不可以呢？听到这个消息，我为她感到高兴，哪怕我们曾经有那么多不愉快的回忆。

这段时间，我最大的感受就是，当学霸的感觉是真好啊。今天，我和我爸妈，都被清北大学招生组的人员"请"到了他们驻我们当地的宾馆。我也体会了一把被清北抢的神奇体验。他们希望我签下报考清北大学的协议，防止我去报考其他学校。当然，作为提前签约的优待，我可以随便挑选专业，除了计算机和金融专业。

我愉快地签下了报考协议，选了自己心仪的专业。

至于后面的填志愿、等录取通知书等环节，对我来说，也就是走流程了。

一切尘埃落定。我把目前的情况分享给了大志和小林，他们都非常高兴。经过努力，他们的高考成绩，都超过了本科录取线。

当然，我把考上清北的消息也分享给了有料先生。他特别为我高兴，并告诉我将在北京为我接风洗尘。

97 我为什么能考上清北

2019年6月29日　　星期六　　晴

今天是周末，爸爸找了一家不错的餐厅为我庆贺，还邀请了苏宇哲。

饭桌上，气氛从未有过的热闹，爸爸和妈妈一直在感谢苏宇哲对我的帮助。因为他们知道，如果没有苏宇哲，我不可能考上清北。

令我没想到的是，爸爸更是对弟弟说，要他向我，还有苏宇哲哥哥学习，要以我们为榜样，努力考上清北。

童言无忌的弟弟脱口而出说，爸爸曾经一直说我成绩差，还让他不要跟我学，现在我都能上清北了。

话音刚落，大家哄堂大笑。这话看似令人尴尬，但在那一刻，我和爸爸都释然了。

是啊，我曾经只爱打游戏，不听话，可是人只有经历了一些事情才会成长，不是吗？

弟弟一直在夸苏宇哲，人长得帅，球打得好，成绩还数一数二，要向他看齐。看到苏宇哲为我夹菜，他更是直言，苏宇哲是不是要当他的姐夫了？这让坐在我旁边的苏宇哲满脸通红，一下子竟有些分不清是因为喝了点酒，还是因为害羞了。

吃完饭，正各自准备回家，我喊住苏宇哲，希望他陪我走走。至于去哪儿，我并没有说。

我走过去，拉着苏宇哲的手往学校的方向跑去。我想，他这么聪明的人，肯定知道我要去哪里。

对的，没有错，我们来到了学校小山后面的那片小荷塘。

在荷塘边，我们找了块空地坐下。

现在已经是 6 月末了，荷花开始盛开，有些完全开了，有些还是花骨朵，很是好看。

我问了他一个问题："这次能考上清北，是不是因为我的运气太好了？一年前，我还是一个天天打游戏，年级排名 700 多名的学渣。一开始，是有料先生指导我用专业的方法提分；再后来，你的出现，帮助我完成了最后的冲刺。没有有料先生，没有你，我是不可能考上清北的。我觉得，你们于我而言，就是我的运气。"

苏宇哲没有回答我，而是掏出手机捣鼓着什么。突然，我的手机震动了一下，是"翱翔宇宙"的微信，内容是：我是苏宇哲！

我整个人一下子愣在了原地，这怎么可能？！

我侧过脸，看向他，他也侧过脸看着我。我正要开口狂叫，表达我的惊讶，他突然把食指放在嘴巴前面，做出一个"嘘"的动作，让我先别说话。

他抬起手，摸了摸我的头，笑着说，这其实是一个宇宙真理。当一个人勇敢地去追求自己的梦想，去为梦想拼尽全力时，那一切能帮助你的事物，就都会被你吸引过来。所以，我能考上清北，不完全是因为我的运气，也不是因为谁帮了我，而是我真的想要，且为之付出了全力，吸引了所有在这个过程中帮助我的人，比如我的妈妈、爸爸、大志、小林和有料先生，当然，也吸引了他，还有那些我课桌里莫名出现的小纸条。

所以，有梦想就去追！不用管眼前有多少困难，只要你愿意拼尽全力，这些困难都会一个个被解决，而你的梦想，最终也会实现！

我还在思考苏宇哲的这段话，他却伸手刮了一下我的鼻子，问我听懂没有。我看向他微笑着的阳光的脸，狠狠点头。我懂了！

98 考上清北后我想对你说的话

2019年8月20日　　　星期二　　　晴

马上就要开学了，我已准备奔向新的征程，没想到叶校长和班主任张老师邀请我回学校给这届高三的学弟学妹们做学习经验分享。

激动万分的我，一大早就带着清北的录取通知书来到了学校。

上午9点，在学校的大操场上，分享会正式开始。叶校长介绍了我之后，我走上演讲台，望着一双双渴望的眼睛，开始了我的分享。

各位高三的学弟学妹，你们好！

我叫杨婷婷，是你们上一届的师姐。今年，我以全省第71名的成绩，考上了清北大学。

不过，你们怎么也不会想到，在一年前的今天，我还是一个在分班考试上只考了336分，年级排名第732名，只知道天天打游戏的女学渣。当时的我，做梦也不会想到，我会在一年后，收到现在我手里的这份属于我的清北大学录取通知书。

台下一阵惊呼！毕竟这太不可思议了。我静静地等着大家的惊呼声过去，或者说我在享受这个场景。

我给大家分享的主题是："学渣也能上清北——一个游戏女学渣的提分日记"。

我一点一滴地讲自己高三这一年的经历，全程多次被大家的掌声打断。

结束了自己的分享，最后，我留给大家一点提问的时间。

这时，有一位短发女生，穿着白色的T恤，拼命地在摇动着自己的手。恍惚间，我仿佛看到了一年前台下的那个自己。当时我也在台下拼命摇手，希望向有料先生提问。

我把这个提问的机会给了她，工作人员给她递过去话筒。

"婷婷姐，我开学分班考试 479 分，年级排名 500 多名，我能像你一样上清北吗？"

"这位同学，你叫什么名字？"

"我叫陈洁！"

"陈洁同学，我想和你说一段话，当然，我也想把这段话送给在场的所有同学。"

说着，我从书包里拿出了这本《高考逆袭日记》，书中的文字映入眼帘：

没有人能定义你，除了你自己。

乾坤未定，你我皆是黑马。

人生永远没有太晚的开始，提分任何时候都不晚。

像我这样年级排名 700 多名的学渣，也能逆袭考上清北，你又有什么不可以呢？

任何时候，你都要无条件相信自己，哪怕你现在成绩垫底！

你今天还没有绽放，是因为你还没有真正开始。

你要知道，勇敢开始，才有机会成功！

坚持到底，结果一定很酷！

同学们，这本记录了我从年级排名 700 多名逆袭考上清北的真实经历的书——《高考逆袭日记》，送给你们。照着做，就能赢！

加油，给自己！

附录1

高考逆袭上清北的真实故事

年级垫底700多名逆袭上北大，我做到了

当我刚进入高一时，我的成绩是年级垫底700多名。我们整个年级，大约800名同学，我就是一个标准的学渣。

那时的我，觉得高中学习太难了。我开始沉迷于游戏，每天驰骋于"王者峡谷"。在游戏的世界里，我感觉无比自由，因为我能逃离我不想面对的、也不敢面对的现实世界。

因为成绩差，我被同学看不起，甚至有同学当众羞辱我，说我是"学渣"。痛定思痛后，我决定开始努力学习，我要逆袭！而且，我还放言，不就是成绩好吗？我也能做到，而且我还要考北大。我要向大家证明：学渣也能上北大。

我永远不会忘记，那一个个的夜晚，我在下了晚自习后，还在教室里面学习。几乎每天，我都最后一个离开教室，或者被学校保安"赶"出教室；我也永远不会忘记，大年初一，我依然顶着凛冽的寒风，骑着自行车，去省图书馆学习。那天，平时满满的图书馆

里只有我一个人。

除了这些不会忘记，我更感激当年的自己没有放弃。因为对于学渣来说，最开始什么都不会，那种努力之后却没有结果而产生的强烈挫败感，不是一般人能够承受的。

所以，我特别感激那些曾经看不起我的人，他们的一些话语，让我在被数学题暴击后，没有被打倒，更没有放弃，而是咬着牙，硬着头皮走下去。

我不去死磕那些我做不出来的数学题，而是选择从高一课本的第一页，从最简单的例题开始，一点一点认认真真地去"啃"教材。于是，我开始一点一点地进步，从年级700多名进步到500多名，再到300多名，再进入100名，最终稳居年级前三。

最终，我实现了"逆袭"，考上了北大！

我也向全世界证明了：学渣也能上北大！

@北大彤彤学姐，2019年考入北大

凭着一拉杆箱笔记上北大，一个河南农村女孩的逆袭

我来自河南农村，小学和初中都是在农村的学校上学，高中才到了县城中学。

我们家的经济情况非常困难。我有三个兄弟姐妹，我是最大的姐姐。在我初中的时候，妈妈得了一场大病，丧失了劳动能力。我们一家五口，全靠爸爸一个人养活，而我爸爸，也仅仅是一名非常普通的工厂工人。

这样的出身，这样的成长际遇，导致我能接触到的教育资源非常有限。而且，从小我就发现，班里有些同学比我聪明，我很努力地学习，才能和他们的成绩差不多。只要我稍有懈怠，成绩就下去了。而他们即使经常在玩，成绩也依然很稳定。

生活给了我一个很低的起点，但家庭的困难和自身的智商是我不能改变的，更不能抱怨的。中学时候的我，就一直坚信一件事，我作为一个学生，最要紧的事就是把书读好，其他的事情都不要想。

我一直都非常努力，老师和同学对我的共同评价就是我学习非常刻苦。我有一个学习习惯：做笔记。不管是老师上课讲的新知识，还是我自己的各种总结，我都会记在笔记本上，每一本笔记，都被我记得密密麻麻。

日复一日、年复一年地坚持，最终，我凭着一拉杆箱的笔记，以全省第 14 名、全市第 1 名的成绩考上了北大，成为我们县有史以来第一个考上北大的文科生！

一个并不太聪明的女孩，从河南农村考上北大，我的经历也是一种逆袭！

@ 北大小梦学姐，2020 年考入北大

365个日日夜夜的拼命，中考并不耀眼的我考上了清华

我出生于广西、贵州和湖南三省交界的大山深处。小时候，爸妈在外面打工，很感激他们把我带在身边，没有让我成为一名留守儿童。见过了外面的世界，让我很想走出这片大山。

因为要参加中考，初二时，我回到了家乡读书。那时候，我还是个年少无知的少年，会和同学一起去网吧打游戏。毫无疑问，我的中考成绩并不耀眼。不过，我还是幸运地考进了我们县一中。

高一的第一堂晚自习，班主任对我们说："你们中间一定有人能考上清华或北大。"我信了。既然有人能考上清华或北大，为什么那个人不能是我呢？

于是，从高一开学，我就开始拼命努力学习。宿舍熄灯后，我就在学校路灯下学习，下课后为了节约排队的时间，我第一个冲到食堂……这些于我并不是什么励志的桥段，而是我每天真实的生活写照。经过一年的努力，365个日日夜夜，我的成绩从中考的并不出色，稳定在了年级第一。

有得到，就有失去。我本来是一个性格开朗的人，但是整个高一忙于学习，我和班里的同学几乎没有什么接触，班里女生的名字我都叫不全。大家都以为我性格孤僻。

我的高二和高三，反而过得相对轻松。为了改变大家对我"孤

僻"的印象，高二、高三两年，尤其是高二，我报复性地参加了学校的各种课外活动，什么"美食厨艺大赛""班级篮球赛"，我都冲在前面。

不过，即便参加了各种活动，我的成绩也没有落下，因为我的成绩早已经稳定了，而且也有自己的科学的学习方法。最终高考，我考上了清华大学，完成了我的逆袭。当我考上清华大学后，我才知道自己创造了历史，成为我们县第一个考上清华大学的学生。

@清华杨小过，2016年考入清华

附录2

廖恒对话的100名清北学霸

（部分名单）

郝景芳　清华本硕博，作家，雨果奖得主

北大宋老师　北大本科，山东省高考第 17 名，中高考命题人

北大跳跳学长　北大本科，物理满分，理综全省第 2 名

北大彤彤学姐　北大 2019 级学生，从年级垫底 700 多名逆袭上北大

北大付小梦　2020 年高考河南省文科第 14 名，焦作市文科第 1 名

刘嘉森　2015 年高考河北省文科第 2 名

北大粽博士　北大哲学本硕博，浙江高考文科 716 分

清华原捷　高考 701 分，2021 年从河南考上清华，鹤壁市第 1 名

北大小卡学姐　2018 年高考河北文科第 9 名，总分 696 分，数学满分

清华邹宇　高考 693 分，2022 年从河南考入清华，全省前 20 名

北大然然子　2018 年高考新疆文科第 15 名，哈密文科第 1 名

清华阿哲　2017 年高考山东淄博第 1 名，理科数学满分

清华小橙　2017 年高考甘肃理科第 4 名，清华大学电子系

北大徐元宝　北大本硕，2015 年从河南考上北大

清华杨小过　清华电机系，全县 30 年来第一个考上清华的学生

清华朱迪迪　清华本硕，法律硕士，从贵州考上清华

北大曹同学　2020 年高考山西省文科第 9 名，北大外国语学院

北大迎春学姐　2020 年高考安徽省文科第 15 名，北大经济学专业

北大小杜学姐　2020 年高考江苏省文科第 34 名，北大城乡规划专业

高考逆袭日记

作者 _ 廖恒

产品经理 _ 杨霞　装帧设计 _ 邵飞　产品总监 _ 程峰

技术编辑 _ 刘兆芹　责任印制 _ 梁拥军　出品人 _ 程峰

鸣谢（排名不分先后）

大猫　北大彤彤学姐

果麦
www.guomai.cn

以 微 小 的 力 量 推 动 文 明

图书在版编目 (CIP) 数据

高考逆袭日记 / 廖恒著 .-- 郑州 : 河南文艺出版社 ,2023.10（2024.3 重印）
ISBN 978-7-5559-1590-4

I.①高… Ⅱ .①廖… Ⅲ .①长篇小说—中国—当代
Ⅳ .① I247.5

中国国家版本馆 CIP 数据核字（2023）第 139448 号

高考逆袭日记

廖恒 著

选题策划：刘晨芳 孙晓璟
责任编辑：孙晓璟
责任校对：丁淑芳

出版发行：河南文艺出版社
本社地址：郑州市郑东新区祥盛街 27 号 C 座 5 楼
承印单位：河北鹏润印刷有限公司
开　　本：880 毫米 ×1230 毫米　1/32
印　　张：8.5
字　　数：181 千字
版　　次：2023 年 10 月第 1 版
印　　次：2024 年 3 月第 5 次印刷
定　　价：59.80 元